FUGAS DE LA REALIDAD: VEINTE RELATOS CORTOS E INESPERADOS

Mar Orleans

Diseño de la portada de: Little Louis

ISBN: 9798880152841

El ladrón de historias

Paul era un joven y atractivo empresario que llevaba la palabra "éxito" tatuada en la frente. Era sumamente elegante y exquisito. Cada día se despertaba a escasos metros del Sena, pues poseía un apartamento de lujo, decorado al puro estilo minimalista, en el distrito seis de París. Siempre vestía de marca; *Celine* y *Berluti* eran sus predilectas. Asimismo, tenía un sentido estético inmejorable. Resultaba imposible no verlo pasear por la calle y girar la mirada. Los hombres lo envidiaban, y las mujeres prácticamente caían rendidas a sus pies.

Él sabía perfectamente que era exquisito e irresistible y durante mucho tiempo había disfrutado de su condición de Don Juan. Había tenido innumerables citas con incontables mujeres, hasta que un día se enamoró perdidamente de su ex. Aquella relación se convirtió en la más intensa que jamás había experimentado a nivel emocional. Ella, de hecho, es también la madre de su hija, pero sus caracteres incompatibles y visiones diversas de la realidad acabaron con la magia del amor inicial, dejándolo perdido en un mar de reproches y torpes intentos de una felicidad conyugal que se les escapó por completo de las manos, además con cierto gesto de burla. Esta era, sin duda, la única área de su vida en la que aún no había tenido éxito.

Ese fin de semana, precisamente, iba a pasarlo con su hija Chloé, el sol de su vida. La verdad es que su hija era casi su vivo reflejo en pequeño. Era una niña despierta, alegre y sumamente observadora. Solo que desde que se separó de su madre, se sentía cada vez más alejado de ella. Pasaban bastantes días sin verse, sin compartir esa cotidianidad que crea la confianza y la familiaridad. Es más, cada vez que se veían de nuevo, al principio resultaba un tanto incómodo, como si siempre hubiera una pequeña distancia que conquistar. En fin, Paul sentía que su hija se distanciaba de él inevitablemente y ya no sabía si lo que sentía era solo miedo o si se trataba de una impresión grabada en su corazón o si realmente tenía que ver con la realidad.

Su hija, en cambio, nada más verlo desde el otro lado de la acera, soltó la mano de su madre, y corrió a abrazarse a él. Su ex, en cambio, le lanzó una mirada de reprobación con cierto toque nostálgico. Para ella, Paul no era más que la materialización de un fracaso, su sueño de princesa hecho añicos, ya que aquella niña había unido sus destinos para siempre, dejándole un sabor amargo de amor frustrado. Así que con un gesto taciturno de la mano e incapaz de simular siquiera una sonrisa, desde aquella distancia insalvable, se despidió frívolamente de él. Paul se limitó a responderle con un leve movimiento de cabeza, pues con aquel simple cruce de miradas, había captado al vuelo todas y cada una de las palabras que no se habían dicho y que ya jamás se dirían. Justo en ese instante, Chloé le tiró del abrigo de *Dolce&Gabbana*, diciendo:

—¡Papá, papá! ¡llévame al parque!

Nada más llegar, Chloé le soltó la mano y corrió al parque infantil, impulsada por el deseo imperioso de jugar. Paul fue a sentarse en el banco de siempre, pero estaba ocupado, así que caminó unos pasos más hasta el siguiente. Cuando se disponía a sentarse, observó un cuaderno rosa de flores malvas bastante desgastado sobre él, lo cogió con curiosidad buscando algún nombre o identificación, pero no encontró nada. Miró a su alrededor por si le pertenecía a alguien, pero tampoco nadie parecía echarlo de menos. Cansado por el largo día de trabajo, se dejó caer sobre el banco, soltando un suspiro. Normalmente, se ponía a mirar el móvil o a trabajar un poco en las redes sociales, sin embargo, ese día el cuaderno rosa lo sacó de su monotonía, sobre todo cuando lo abrió y empezó a leer los cuentos que contenía.

Tras acabar el primero, le supo a poco, la verdad, pues realmente lo había cautivado. Tenía curiosidad por saber quién los había escrito, pero no había ninguna firma al final de cada pequeña historia, ni en ningún lado del cuaderno. Es más, estaba tan imbuido en aquellos cuentos que le costaba levantar la vista del papel para echarle un ojo a Chloé. En su imaginación, por las características del cuaderno y la letra, la autora debía ser una mujer. A medida que seguía leyendo, se sentía cada vez más fascinado por ella, se la imaginaba como una mujer ingeniosa y divertida, con cierto toque de ingenuidad.

Aquella noche, después de cenar y bañar a Chloé, la llevó como siempre a la cama. Justo en ese momento, se percató de que habían terminado el libro de cuentos que le leía normalmente antes de irse a dormir. Nada más ponerla en la cama, la niña insistió entusiasmada, —¡papi, papi! ¡Cuéntame un cuento! Paul enseguida recordó el cuaderno y fue a rescatarlo de la mesa del salón, donde lo había dejado. Una vez arropó a Chloé, con una voz varonil, pero delicada y profunda, empezó a leerle la primera historia. La niña quedó maravillada por aquel cuento y pícara le preguntó si lo había escrito él, ya que observaba que tenía entre las manos un cuaderno usado que ya le era familiar. Paul, detectó la mirada ilusionada y a la vez curiosa de su hija, así que, casi sin darse cuenta, dejó deslizarse de sus labios un tímido "sí". Chloé empezó a saltar sobre la cama contentísima y le dijo a su padre que a partir de ese día solo le leyera sus propias historias. Paul sonrió, le dio un beso en la frente y apagó la luz. Desde la puerta de la habitación, le pareció que algo mágico había sucedido y que aquella distancia con su hija había desaparecido.

A veces, temía ser a sus ojos, el papá malo que abandonó a mamá. Así que, a partir de ese momento, Paul le leía a su hija una nueva historia del cuaderno cada noche, pero pronto el miedo llamó a su puerta, al comprobar que quedaban pocas. Esas maravillosas historias las sentía cada vez más suyas. Muchas veces, se sorprendía en el trabajo pensando en ellas, incluso riéndose de algún detalle ingenioso. Sin duda, y aunque resultara imperceptible para el resto, algo había cambiado en él para siempre. Ya no era el mismo hombre de hace un par de semanas o, por lo menos, él se sentía totalmente diferente. En su imaginación, llegaba incluso a conocer a la escritora anónima que se había convertido para él en la mujer de sus sueños.

Esa misma semana, le tocaba otra vez Chloé; y ya casi no quedaban cuentos. Por la noche, la niña entusiasmada le pidió como siempre que le leyera una de las historias, y así lo hizo con su voz dulce y cálida. La niña sonreía tiernamente, mientras observaba como su padre la colmaba de atención. Aquel momento junto a él, valía más que todos los cuentos del mundo, pues era su cercanía, su atención y su amor lo que ella realmente absorbía de aquel instante tierno. —¡Otro cuento papá! ¡porfa! —insistía Chloé, buscando alargar lo más posible aquel momento mágico. Pero, de repente, a su padre le cambió la cara, al pasar la última página del cuaderno, ¡ya no había más cuentos!

—¡Papá! ¡Papá! ¡papá! —lo llamaba Chloé tirándole del brazo. —Tú siempre me has dicho que no se dicen mentiras...

—Sí, hija, ¿por qué? —respondió Paul, levantando la cabeza, totalmente sorprendido.

—¡Esos cuentos no son tuyos, papá!

—¿¡Eso crees, Chloé?!

—¡No lo creo, lo sé desde el principio! Son de la chica del parque.

—¡¿Qué chica del parque?!

—La chica que se sienta siempre en frente de los columpios y escribe en ese cuaderno, papá...

Paul, sin saber cómo reaccionar ante la perspicacia de su propia hija, la arropó y le dio un beso en la frente de buenas noches. Luego, aún algo desconcertado, caminó hasta la puerta titubeante, donde se giró en seco para apagar la luz y le preguntó:

—¿Qué te parece si mañana vamos al parque?

—¡Claro que sí, Pinocchio!, digo, papá. —le contestó Chloé muerta de risa...

La habitación

Nada más abrir la puerta de la habitación, Mary sintió un escalofrío recorrerle todo el cuerpo, dejándola petrificada de repente, inmóvil y llena de miedo ante aquella visión. Era como si el tiempo no hubiera pasado por aquella habitación polvorienta, pero intacta. La cama, los juguetes, todo estaba igual que cuando tenía cinco años. Parada allí, notó que el aire se volvía cada vez más asfixiante y pronto comenzó a toser. La iluminación era precaria, ya que unas cortinas densas y oscuras bloqueaban la luz del sol. Dio unos pasos hacia la ventana y cubriéndose la nariz movió las cortinas, aunque su pequeña precaución no evitó que tragara bastante polvo. Gracias a la claridad que inundó la estancia de repente, reconoció la casita de muñecas con la que pasaba horas jugando cuando era pequeña. Confrontada a tal recuerdo y sin poder remediarlo, se vio asaltada por las lágrimas.

En ese momento, la voz de su hijo llamándola desde el jardín, la trajo de nuevo al presente y pensó que sería necesario limpiar y renovar por completo aquella habitación para poder convertirla en la habitación de invitados. Al abrir la ventana para decirle a Tom que ya bajaba, sintió de nuevo otro gran escalofrío indescriptible con palabras, era como si alguien le hubiese succionado toda la alegría de repente. Incluso sintió como si una fuerza la empujara por la espalda, a punto estuvo de perder el equilibrio y caer, por lo que, asustada, cerró corriendo la ventana y salió de la habitación. Sin mirar atrás, corrió escaleras abajo, intentando huir de aquel frío lúgubre que la había invadido.

Al salir al jardín, su marido daba vueltas con Tom en los brazos, jugando al avión. A pesar de que el jardín estaba totalmente descuidado, aún se veía hermoso y la piscina estaba cubierta. Sus padres habían mandado construir aquella piscina para evitar que fuera al lago. A Mary, le resultaba difícil pensar en ellos, sin sentirse abrumada por su reciente pérdida, especialmente, porque habían muerto los dos a la vez en extrañas circunstancias. Sus cuerpos habían aparecido tumbados junto al lago, cogidos de la mano, y mirando al vacío con ojos entre admirados y espantados, con exactamente la misma sonrisa en el rostro. Al menos, parecía que no habían sufrido. Con ese pensamiento se consolaba Mary, que se sentía culpable por haberse ido a vivir fuera, dejándolos solos en esa vieja casa. Ahora la había heredado, y su marido, que siempre había deseado vivir en el campo, la había convencido para mudarse ahí, mientras alquilaban su piso en Nueva York como vivienda vacacional y ganaban un dinero extra. Su hijo Tom también estaba encantado, sobre todo con tener una piscina y dar largos paseos en bicicleta. Aunque ellos aún no lo sabían, Mary acababa de enterarse de que está de nuevo embarazada, así que pronto les daría la noticia.

A pesar de que ya llevaban varias semanas viviendo en la casa de sus padres, Mary no lograba sentirse en paz, ni mucho menos feliz. Se sentía constantemente intranquila, como si algo fuera mal o como si sintiera algún tipo de presagio terrible cernirse sobre su pequeña familia. Arthur lo atribuía al embarazo y al hecho de que aún estaban con las obras. Cuando todo estuviera reformado y nuevo, sería un verdadero hogar. El cuarto de Tom estaba tardando más de lo esperado, por lo que mientras tanto, estaba ocupando la habitación que habían habilitado para invitados. Aunque ahora estaba limpia y libre de polvo, así como completamente renovada, Mary seguía percibiendo algo extraño en ella. El ambiente era crispante, y no entendía por qué las plantas no duraban más de una semana y las flores se marchitaban. El carácter de Tom estaba cambiando; se volvía cada vez más irascible y malhumorado. Arthur decía que era por la adaptación al nuevo ambiente, que aún no tenía amigos y jugaba siempre solo. Según él, todo cambiaría cuando pasara el verano y empezara el colegio. Mary, por su parte, no soportaba pasar ni cinco minutos en aquella la que había sido su habitación de infante.

Una noche, Tom se despertó gritando —¡Mamá, mamá! ¡ven! ¡tengo miedo! Cuando encendieron la luz, estaba empapado en sudor e histérico aseguraba que la cama se había movido y que, al despertarse, había visto a una niña mirándolo desde los pies de la cama. A partir de aquella noche, las pesadillas de Tom continuaron y siempre giraban entorno a esa misteriosa niña que lo despertaba de repente en la noche y quería jugar con él o intentaba decirle algo. Como aquella situación se volvía cada vez más rara e insostenible, sus padres decidieron que durmiera con ellos hasta que su cuarto estuviera listo. Pero el enigma entorno a aquella habitación continuaba; en la noche parecían oírse voces y ruidos extraños provenientes de ella, pero tan pronto abrían la puerta, todo enmudecía. Las plantas seguían muriendo y las flores marchitándose en cuestión de un par de horas. Alguna vez, tuvieron algún invitado que se quejaba de dolor de cabeza e incluso vomitaba después de dormir en la habitación. Es más, Tom empezó a levantarse sonámbulo por las noches y aparecía solo en mitad de la habitación, señalando al vacío y repitiendo frases ininteligibles. La de una noche dejó a Mary particularmente preocupada. —¡El colgante! ¡El colgante! ¡el colgante! —repetía Tom gritando angustiado, sin parar. En ese momento, Arthur empezó a preocuparse tanto como su mujer y a tomarse aquello más en serio, hasta el punto de plantearse llamar a una médium.

La tarde del sábado, Arthur decidió llevar a Tom a un parque de atracciones temporal. El niño lo estaba pasando muy mal con el sonambulismo y las pesadillas recurrentes, y el médico les había recomendado sacarlo unos días de la casa, así que se quedarían un par de noches en un hostal del pueblo. Dado que aún seguían con las obras y alguien tenía que encargarse, Mary se ofreció a quedarse. La verdad es que, a partir de las siete, cuando se iban los obreros y la casa se quedaba vacía, todo se volvía más difícil, pero siempre había sido una mujer fuerte y no particularmente miedosa. Sin embargo, esa noche en particular, sola en aquella casa de campo, bastante patas arriba por las obras, se sentía aterrada. Por la noche, tomó unos calmantes, ya que le resultaba imposible conciliar el sueño. Aún así, de madrugada empezó a oír a una niña que gritaba su nombre desesperadamente y pedía auxilio. Al abrir los ojos, la vio a los pies de la cama con la mano extendida como si quisiera darle algo... ¡Era el colgante! Muerta de miedo, Mary encendió la luz para quitarse aquella terrible visión de delante y llamó inmediatamente a Arthur rogándole que, por favor, regresaran a casa a primera hora de la mañana con la médium.

Al día siguiente, Arthur llegó a casa con una señora inquietante, vestida de negro y adornada con pulseras y colgantes de piedras. Su maquillaje excesivo resaltaba sus facciones, dándole un aspecto algo macabro, enfatizado por el tono blanquecino de su piel. Era alta y extremadamente delgada. Sus ojos, grises y fríos como el repelús que emanaba la habitación, te clavaban una mirada dura, distante y profunda, que parecía provenir de otro mundo. La médium no se anduvo con rodeos, sabía perfectamente quién era Mary y su vínculo con aquella casa, sin haber intercambiado ni media palabra con ella. Se limitó a cerrar los ojos y a llevarse el dedo a la boca en señal de silencio, tras pasar unos minutos así, subió a la planta de arriba y entró en la habitación. Arthur y Mary dejaron a Tom jugando en el salón y la siguieron asombrados. En la habitación, la médium, tras un silencio profundo y cargado, le pidió a Mary que se sentara en una silla frente a ella, le agarró las manos y le dio un toque fuerte en medio de la frente; acto seguido Mary cerró los ojos, como si entrara en una especie de trance y empezó a repetir las frases que decía Tom cuando se quedaba en la habitación.

Al regresar del trance, la médium la miró seriamente y le dijo —No recuerdas nada, ¿verdad? ¡Lo has olvidado todo! Mary no sabía qué responder, ¡¿olvidar el qué?! Fue entonces cuando le pidió que se tumbara en la cama, ya que para resolver el problema tendría que realizar una regresión. Entonces su voz empezó a guiarla en una especie de viaje que la hizo retroceder en el tiempo, obligándola a adentrarse en los rincones más recónditos y oscuros de su memoria.

—5,4,3,2,1. Ahora vuelve más atrás aún en el tiempo, lo más atrás que puedas. —¿Qué edad tienes? —5 años, —respondió Mary. —¿Qué estás haciendo? — Estoy jugando con Ayla, junto al lago. —¿Y quién es Ayla? —Mi hermana pequeña. —¿A qué estáis jugando?

—Ayla me muestra mi colgante favorito. Es un caballito de mar de coral que mis padres me regalaron por mi cumpleaños. Ella lo quiere, yo me enfado, porque no quiere devolvérmelo, al zarandearla intentando quitárselo, el colgante cae al fondo del lago y yo llorando, muy disgustada con ella, corro dentro de la casa, buscando a mis padres...

Al decir esto, el rostro de Mary empezó a inundarse de lágrimas, empezó a llorar y a llorar angustiada sin poder ya articular palabra. Arthur asustado agarró a la médium por el brazo. —¿¡Dígame qué es lo que está pasando!? La médium lo miró fijamente a los ojos diciendo: su mujer tenía un recuerdo reprimido. Su hermana Ayla se ahogó en el lago con tan solo 4 años, al intentar recuperar el colgante para su hermana enfadada. Sus padres horrorizados por lo sucedido en el fondo siempre culpabilizaron a Mary de su muerte, y no siendo capaces de perdonarla, ni de amarla sanamente, la mandaron a Nueva York a vivir con sus tíos, limitando el contacto con su hija a las breves vacaciones de verano. Este fue un tema tabú en la familia del que jamás volvió a hablarse, por eso Mary pudo olvidarlo. Sus padres vivieron atormentados en esta casa por el recuerdo de su hija ahogada. Desde entonces, el alma de Ayla quedó atrapada en la habitación y ha sido necesario que su mujer recordara para poder liberarla y permitirle descansar en paz. Pues el deseo ferviente de sus padres por retenerla, la mantuvo todos estos años aquí.

Dicho esto, la médium se dio la vuelta y a pasos lúgubres salió de la habitación y abandonó la casa. Su trabajo allí había terminado, el alma de Ayla había sido finalmente liberada, aunque Mary nunca logró hacer lo mismo con su sentimiento de culpa, ni siquiera cuando había decidido, a pesar de las reticencias de su marido, que su nueva hija se llamaría Ayla.

Las flores anónimas

Manuela se sentía una mujer desconsolada. Cincuenta y tres años de matrimonio y ni una triste flor. De resto, no tenía queja alguna de su marido. Decidida a darle la vuelta al destino, salió precipitadamente de casa rumbo a la floristería más cercana. Allí, encargó una docena de rosas rojas para el día de San Valentín, permitiéndose también regalarse una tarjeta con dedicatoria. La primera dedicatoria que se escribió, le pareció muy simple, así que la cambió por una un poco más cursi. Dejó claro que la entrega debía ser a las dos de la tarde, hora en la que su marido se encontraría en casa. Tal vez aquel gesto atrevido serviría de indirecta y despertaría algún tipo de interés en él. Al fin y al cabo, es normal que después de tantos años de matrimonio se pierda la pasión o, por lo menos, eso dicen. De vuelta a casa, Manuela sonreía, sus piernas casi levitaban, pues caminaba más liviana que de costumbre, parece que aquella ocurrencia atípica en ella, hubiera inyectado cierta emoción a su monótona vida de mujer casada. Ese día, de hecho, se reveló aún más y en lugar de ir a comprar al mercado, compró unos packs de sushi que, probablemente, no le gustarían a Marcelo.

Pasada una semana, llegó el tan ansiado día, el catorce de febrero, día de los enamorados. Se encontraba en la cocina en mitad de la faena cuando sonó el timbre. —¡Marcelo, abre! Su marido totalmente ingenuo a los acontecimientos venideros, refunfuñó desde el sofá, como de costumbre. Al abrir la puerta, se encontró un precioso ramo de rosas rojas. Le dijo al repartidor, —¡se ha equivocado!, e intentó cerrar la puerta, pero este la paró con la mano e insistió en que se trataba de la dirección correcta, dándole el ramo de rosas rojas a Marcelo, que se quedó como un bobo casi un minuto agarrándolas, parado en la puerta sin saber qué hacer. El hombre se encontraba en estado de shock. Entonces, dio unos pasos hacia el centro del salón y dejó las flores sobre la mesa; fue justo entonces cuando vio la dedicatoria..., incapaz de reaccionar, se sentó de nuevo en el sillón y desde allí gritó: —¡Manuela, la entrega era para ti! Y siguió viendo las noticias...

Manuela se sentía emocionada y le sudaban las manos de los nervios, a la vez que terminaba de preparar la comida. Ilusionada salió al salón para ver la reacción de su marido, pero este miraba la tele como un zombi y no intercambiaba palabra. —¿¡Ah y estas flores preciosas!? —preguntó en voz alta para que Marcelo la oyera. Luego, hizo un silencio dramático, esperando algún tipo de respuesta, sin embargo, el silencio sucedió al silencio y tras él vino una especie de tristeza frustrada. ¡Qué desilusión! Su plan había quedado en nada. Cogió las flores y se consoló con su aroma y belleza. El rojo intenso de sus pétalos era lo más cercano a la pasión que a su edad podía permitirse. Así que resignada, buscó el jarrón más bonito que tenía, uno de cristal de Murano que aún conservaba de la luna de miel en Venecia, tantos años ha.

Marcelo intentaba seguir el hilo de las noticias, pero le resultaba imposible concentrarse. Un torrente de preguntas asediaba su cerebro: "¿Quién es el admirador secreto de mi mujer? La dedicatoria no estaba firmada; ¿cómo se atreve a enviarle flores de esta manera descarada?" —pensaba, mientras disimuladamente giraba un poco la cabeza y observaba a su mujer tararear una canción contenta, mientras colocaba las flores en el jarrón que le había regalado en la luna de miel. "No pondría las flores de otro hombre precisamente en ese jarrón, ¿no?" —se preguntaba. Y así pasó las horas del día y del día siguiente y del siguiente, dándole vueltas a la cabeza. Por alguna razón, no era capaz de preguntarle a su mujer. En más de una ocasión, la llamó, pero se quedaba parado mirándola, hasta que al final decía: —nada, nada. Tenía las palabras enquistadas, atrapadas, bloqueadas, atragantadas.

Al día siguiente, al salir del trabajo, decidió pasar por la floristería desde la cual el supuesto traidor había osado enviarle flores a su mujer, ya que figuraba el nombre en la tarjeta. Al girar la esquina, vio a su compañero y enemigo acérrimo Gonzalo salir sonriente de la floristería. ¡No podía ser! ¡¿Gonzalo!? Su mujer sabía perfectamente que lo odiaba a muerte. Por otro lado, le parecía el candidato perfecto, desde que había perdido a su esposa, no paraba con una y con otra. Con tal sentimiento de traición, giró la calle dirección hacia su casa. Cuando llegó, vio cómo Manuela cuidadosamente les cambiaba el agua a las rosas, mientras las miraba anhelante. Aunque se encontraba cada vez más perturbado, disimulaba frente a ella, hacía como si no pasara nada. Ahora bien, las preguntas seguían atormentándolo sobremanera, sobre todo aquella dedicatoria... "¡Sí, sí!, ¡tiene que ser Gonzalo!, ¡no me cabe duda!, ¡siempre ha querido hundirme! Y ya me ha puesto la zancadilla varias veces en el trabajo. Pero esto no se va a aquedar así." —pensó.

Así pasaban los días, mientras Marcelo giraba entorno a estos pensamientos obsesivos. Veía sospechas en todo, hasta le parecía que el comportamiento de su mujer era extraño y había cambiado. Cada vez pasaba más horas fuera, algo en ella era diferente, la notaba más distante. Ya no lo amaba, de eso no cabía ninguna duda. Esa misma noche, decidió ir al bar a echarse unos tragos, en un intento desesperado de desconectar de aquellos pensamientos que lo torturaban día y noche desde el dichoso San Valentín. Allí se encontró a Gonzalo quién lo saludó amistosamente y le hizo un gesto para que se sentara en la barra junto a él. Marcelo lo detestaba con toda su alma, pero pensó que, tal vez tomando un par de copas con él, desembucharía.

Después de un par de horas bebiendo, todo a su alrededor daba vueltas. Para su sorpresa, no había parado de reírse con las ocurrencias de su gran enemigo, que le parecía hasta divertido, casi tuvo la impresión de que, para Gonzalo, la rivalidad moría en la oficina. Fue justo entonces cuando el alcohol empezó a hablar... —¡Qué afortunado eres Marcelo! Tengo que confesarte que te envidio. Siempre lo he hecho. En la oficina te respetan, tus ideas son siempre ingeniosas y tienes, la verdad, una mujer preciosa... Mi Marina murió hace unos años y desde entonces estoy tan solo... Marcelo se revolvió en el taburete, tirándolo al suelo de un manotazo. —¡Canalla! ¡sinvergüenza! ¡No te acerques a mi mujer o te vas a enterar! ¡Capullo! Tambaleándose se dio la vuelta, dándole la espalda a la incredulidad de Gonzalo que no entendía aquella reacción y que lo llamaba —¡Marcelo! ¡ven! ¡Marcelo! ¡No te vayas así hombre! ¡¿Pero qué mosca te ha picado?! Sin embargo, este ya se alejaba calle abajo y en zigzag.

El mundo seguía dándole vueltas y más vueltas. Todo se movía a su paso y juraría que nunca le había resultado tan difícil abrir la puerta de casa. Cuando entró, estaba tan mareado que, al intentar poner las llaves en el cuenco, estas aterrizaron en el suelo, haciendo un ruido que le retumbó en la cabeza. Al agacharse a recogerlas, vio un bulto en el suelo del salón, junto a la mesa, ya que estaba bastante oscuro... No podía creer lo que estaba viendo, "¿Manuela?" —pensó, luego encendió la luz. Todo se detuvo de repente, ya nada daba vueltas. —¡Manuela! ¡Manuela! —gritó, corriendo hacia ella. Cuando la miró su rostro estaba violáceo y tenía convulsiones. Estaba tumbada en el suelo indefensa, había debido sufrir un infarto mientras les cambiaba el agua a las rosas, porque estaban todas esparcidas por el suelo entorno a ella. Con lágrimas en los ojos, sumido en una desesperación silenciosa, observaba como la vida abandonaba para siempre el cuerpo de su mujer. Aquello era el final. Entonces, lleno de dolor, repitió en alto la dedicatoria: "¡Para la más bella de las flores!, ¡para la más bella!" y se abrazó fuertemente a su mujer, viendo impotente el frío violáceo de la muerte en su rostro. Entonces, rompió en un llanto aún más desesperado y agudo, repitiendo entre sollozos, ¡para la más bella de las flores! ¡para la más bella!

Las amigas

Noelia era morena, de pelo lacio y ojos grandes, color avellana. Su amiga, rubia de cabellos ondulados y ojos color esmeralda. Una evocaba los rayos dorados del sol, la otra el chocolate. A simple vista, no tenían nada en común, sin embargo, muchas afinidades las unían. Ese era el carburante de aquella amistad primaveral, basada en la literatura, los idiomas y la creatividad. Cuántas horas compartieron junto al mar con su murmullo constante, haciéndose confidencias bajo el cálido amparo del sol. Cuántas palabras les robó el viento, llevándoselas para siempre, como testimonios invisibles de una amistad anónima y desapercibida, nutrida de curiosidad, cafés, libros, pequeños croissants, risas y confidencias.

Aquella mañana, mientras Noelia distraídamente posaba su café sobre la tambaleante mesa de la cafetería, este se derramó, parte sobre el platito blanco y parte sobre la mesa, dejando la taza casi a la mitad. El líquido desparramado parecía querer avisarla de que algo no iba bien. Lo limpió torpemente con algunas servilletas, pero aún así la mesa se veía amarronada y sucia, el blanco inmaculado se había perdido. Algo apesadumbrada, levantó la mirada para descubrir los ávidos ojos de su amiga clavados en su anillo de compromiso. Obviamente, aquel pequeño diamante no pasaba inadvertido, pues el amor parecía brillar a través de él. Entonces su amiga, sacó un trocito de pastel de melocotón que había preparado la noche anterior y aquella mirada inquietante quedó camuflada entre el dulzor. Y, de este modo, siguieron volando las horas, entre palabras foráneas y literatura. Los días, las semanas y los meses se sumaban, alimentando la impresión de una conexión ánima a ánima que pocos serían capaces de lograr...

Sin embargo, pronto se cerniría una sombra sobre aquellos seres ingenuos e ignorantes del eventual desenlace de ciertos acontecimientos, así como del destino y la mala gestión de las propias emociones. Pues justo cuando Noelia sentía la amistad consolidada, todo empezó a cambiar. Eisa se mostraba cada vez más curiosa respecto a su vida. Al principio, no le dio importancia, pero poco a poco, empezó a resultarle un tanto exasperante. Sobre todo, cuando le hacía preguntas sobre su prometido. Noelia era discreta y no sentía la necesidad de indagar tanto en los aspectos íntimos de su amiga, muy al contrario, su interés se inclinaba más hacia lo intelectual. Paulatinamente, las perturbadoras preguntas de su amiga se volvían cada vez más insistentes, hasta el punto de querer saberlo todo sobre ella. Un día incluso, se molestó, porque Noelia no le confesaba sus defectos. Desde luego, no saber poner límites era uno de ellos, ya que los persistentes interrogatorios le resultaban cada vez más desagradables.

Así transcurrían las semanas, llenas de preguntas encriptadas en cafés, literatura y poesía. Noelia ya no se sentía como antes, había perdido esa despreocupación, esa sensación de ligereza e ilusión por esos encuentros amistosos. Un sentimiento de incomodidad cada vez más acuciante la albergaba. Aquella curiosidad insana y desmedida de Eisa la intranquilizaba cada vez más, siendo presa de las ideas más excéntricas. —¿A quién le estará dando información sobre mí?, ¿por qué querrá saber tanto? Su intuición empezaba a hablarle a gritos, aquella persona no era su amiga. Algo iba mal, pues incluso tras sincerarse con ella, pidiéndole que pusiera fin a las incesantes indagaciones, la otra parte no se dio por aludida y creyéndose más lista, comenzó a filtrar las preguntas de manera más indirecta, aunque aún demasiado evidente para Noelia. Por otro lado, aquella mirada desprevenida y sutil, cargada de envidia, recayendo sobre el anillo o, a veces incluso, sobre ella, aparecía cada vez con más frecuencia. La presencia de aquella persona antes tan querida, empezaba a enervarla, de modo que intentaba aplazar al máximo sus encuentros, deseando, además, encontrar el modo de ponerles fin.

Una tarde, sucedió algo más inquietante todavía. Roberto, su prometido, se encontraba en la ducha, cuando sonaron varias notificaciones de mensajes entrantes en su móvil. Estos relucieron de repente en la pantalla, y para la sorpresa de Noelia, ¡Eran de Eisa! Sin poder salir de su asombro y sin entender lo que estaba pasando, se apresuró a leerlos. —¿Qué te parece si nos vemos el jueves para cenar?; ¿a las ocho y media en tu restaurante favorito como siempre? ¡Ah! ¡y no olvides borrar la conversación enseguida! ;) "Pero si solo se han visto un par de veces, ¡¿a qué viene esto?!" —se preguntaba Noelia, envuelta en una nube de dudas, inseguridad y traición. Con manos temblorosas, leyó los mensajes anteriores rápidamente, Roberto podía salir de la ducha en cualquier momento. Aquellos emoticonos de besos y con ojos de enamorado inundaban burlones la pantalla, como pequeños puñales clavándose en su corazón. Con sangre fría, se secó las lágrimas, dejando el móvil intacto, exactamente como lo encontró. A partir de ese momento, sus pensamientos se volvieron oscuros y un sentimiento de dolor intenso se apoderó de ella. Delante de Roberto disimulaba como podía, pero pronto rompió a llorar en la ducha, encubierta por el sonido envolvente del agua, su única confidente.

Al día siguiente, había quedado con la que había pasado a convertirse en su mayor enemiga en la cafetería de siempre, con el mar como único testigo y bajo el sol, esta vez, abrumador. Entonces, el turno de preguntas cambió de rumbo, ya que Noelia traía algunas preparadas, cosa rara en ella aquella encuesta repentina, pero su oponente nunca la había sobrepasado en perspicacia. Tras incomodarla, haciendo alarde de su propia indiscreción, le soltó el gran interrogante —Bueno, Eisa, ¿qué planes tienes para el jueves por la tarde?, ¿te apetecería que fuéramos al teatro? Estamos en plena temporada de ópera y este jueves toca, "Così fan tutte", de Mozart. Su "amiga" se revolvió inesperada y sutilmente en la silla y con un carraspeo de garganta, le aseguró que le habría encantado ir con ella al teatro, pero que, desafortunadamente, ya había hecho planes con Jonathan, su pobre e iluso marido. Noelia no salía de su asombro…, ¡con qué facilidad mentía y encubría Eisa aquel doble engaño! De todos modos, ella ya había trazado su maquiavélico plan. Desde luego, puestos a perder, no lo haría sola. Esa misma tarde, escribió una carta anónima desenmascarando la verdad, que dejó en el escritorio de la secretaria de Jonathan… Con esto, había activado la bomba e iniciado la cuenta atrás.

"¡Por fin es jueves!" —pensó Noelia, mientras observaba a Roberto leyendo el periódico y disfrutando del suculento desayuno que le había preparado. Ahí estaba tan tranquilo, como si nada. Ni entablaba conversación como antaño, ni mucho menos le prestaba la más mínima atención, se había convertido para él en un fantasma. Entonces, una repentina emoción le subió desde el estómago y con un movimiento algo brusco, para él también desapercibido, se levantó de la mesa y corrió a esconderse en el baño, a llorar. No sabía qué le dolía más, si el engaño o el no haberse dado cuenta antes de la profunda indiferencia de su futuro "ex prometido". Llevaba días sufriendo de un dolor agudo que se le hacía insoportable, no era su naturaleza ocultarse, ni mucho menos fingir, pero algo en su interior le decía que estaba haciendo lo correcto, que solo un final dramático serviría de antesala a un nuevo comienzo. Además, por fin se encontraba a escasas horas del tan ansiado final.

A las ocho y media del jueves, Noelia, totalmente camuflada en ropa deportiva, peluca, gafas y gorra, tipo film norteamericano, esperaba sentada en una mesa exterior de la cafetería de enfrente al restaurante en el que se habían citado Eisa y Roberto, a que comenzara el show. Su "amiga", en cambio, estaba realmente deslumbrante, llevaba un vestido rojo, ceñido y escotado, los labios pintados color carmesí y taconazos. ¡Estaba impresionante! Daba totalmente el pego como protagonista del inminente culebrón. En seguida, llegó Roberto, se saludaron con un tímido beso en los labios. Noelia volvió a romper en torrente, las lágrimas se deslizaban por debajo de las oscuras gafas de sol, mientras ella se las secaba torpemente con la manga de la sudadera. Se sentía patética, sola, abrumada, traicionada, desconsolada y tantas cosas más que no era capaz de expresar. Con las gafas empañadas, miró el reloj, faltaban solo algunos minutos para el desenlace...

Fue entonces, un poco antes de lo esperado, que Jonathan dobló la esquina, sin tardar nada en encontrar a Eisa, aquel tubo de sensualidad comprimido en rojo, de manitas y besuqueándose con Roberto. Delante de toda la cafetería, y sin cortarse ni un pelo, le dio un bofetón de película, gritándole todos los insultos imaginables en un marido despechado.

Yo, en ese momento, esbocé una leve sonrisa, la primera en días y sentí parte de mi dolor vengado. Entonces, Roberto se levantó para defender a la damisela sexy en apuros y se lio a piñas con Jonathan. ¡Menudo caos terrible!, ¡menuda vergüenza de espectáculo! Resultaba tan patético que no pude disfrutar de mi propia obra, así que, me levanté, dejé pagado mi café con una generosa propina, dejando también el gorro, la peluca, las gafas, en fin, todo el paripé sobre la mesa.

Obviamente, no me había despojado todavía de mi dolor, algo que aún requeriría tiempo, pero había sentido cierto alivio justiciero, tras haber generado aquel pequeño tsunami kármico. Pensando en todo esto, y mientras paseaba por la avenida, había logrado alejarme bastante y ganar cierta perspectiva. El horizonte lucía precioso con la puesta de sol, así que me apoyé en la barandilla a contemplarlo. Ya solo faltaba un último detalle, y con la última luz de ese día, me quité lentamente el anillo de compromiso, contemplando por última vez aquel diamante versátil, ahora desprovisto de todo su brillo y lo lancé al mar con todas mis fuerzas, donde se hundió tímido, desapercibido y en silencio, junto a mi otra yo, para siempre.

¡Somos millonarios!

Elisabeth estaba entusiasmada con el último libro que había adquirido: *El Secreto*. Ella y Matt lo habían comprado en la feria del libro hacía más de nueve meses y, desde entonces, había transformado sus vidas. Llevaban tiempo deseando salir de la carrera de la rata. Les iba bien, pero ambos eran presa de trabajos esclavizantes o, por lo menos, que les absorbían la mayor parte del día. Esto les impedía pasar tiempo con su hijo Stevie que tenía que hacer actividades extraescolares en el cole o quedarse solo en casa haciendo los deberes. Cuando ellos llegaban a casa por la tarde-noche, ambos estaban ya reventados y la calidad del tiempo que pasaban juntos no era la deseada. Su verdadero sueño era acceder a la libertad financiera para poder viajar alrededor del mundo con su hijo y vivir la vida de sus sueños. El citado libro explicaba al detalle cómo funciona la ancestral ley de la atracción, usando las emociones y las visualizaciones para atraer a tu vida aquello que realmente deseas, es algo así como la lámpara de Aladino, solo que todos llevamos el genio dentro. Como la propia autora del libro, Rhonda Byrne, afirma: "Te conviertes en lo que más piensas, pero también atraes lo que más piensas." O como dice un proverbio alemán: "Como gritas al bosque, así te devuelve el eco."

Elisabeth sobre todo estaba convencida de esto y pronto persuadió a su marido, actualmente igual de entusiasmado que ella con el tema de atraer la abundancia a sus vidas. Es más, llevaban meses sumamente implicados en esta empresa. Y ya que atraes lo que piensas, habían llevado a cabo todo tipo

26

de estrategias para pensar en abundancia a menudo durante el día. La nevera estaba llena de frases tales como, *somos abundantes, somos riqueza, nadamos en la abundancia, atraemos la suerte y el dinero*, entre otras.

También habían comprado varios ejemplares más del secreto y los habían colocado estratégicamente por toda la casa: en el salón, en el dormitorio y en el baño. De este modo, siempre recordarían el mensaje del libro e incluso, en pocos minutos, releerían ciertas páginas marcadas, subrayadas y anotadas, resaltando los puntos más importantes. Así mismo, y este fue quizá el ejercicio más difícil, tuvieron que detectar sus creencias limitantes y cambiarlas por las nuevas creencias abundantes. Cuando el uno escuchaba en boca del otro alguno de estos virus lingüísticos, inmediatamente se lo hacía ver y el otro con una sonrisa, lo sustituía por la nueva frase, evocadora de prosperidad. Eran un matrimonio de lo más feliz y compenetrado. No hay nada como compartir un sueño, una misma visión de la realidad, sentir que caminaban de la mano hacia el mismo objetivo. Pero no se confundan, Elisabeth y Matt, no tenían ninguna prisa por llegar a ninguna parte, más bien disfrutaban del camino, jugando con todo aquel conocimiento.

Una noche, como todas desde hacía algún tiempo, el optimista matrimonio se había propuesto antes de irse a dormir, mirarse a los ojos, cogerse las manos y, sonriendo, repetir quince veces ¡somos millonarios! ¡somos millonarios! ¡Somos millonarios! Su hijo Stevie, a fuerza de ver a sus padres llevar a cabo este ritual, él mismo se ponía a saltar o a dar vueltas por el salón, gritando también ¡somos millonarios! ¡somos millonarios! ¡somos millonarios! Y se moría de la risa, para él aquello era divertido y, de este modo, cada noche la pequeña familia se iba a dormir con este pensamiento.

Sin embargo, una noche sucedió algo inesperado. Por una de estas casualidades de la vida, paseaba por el vecindario uno de los ladrones de joyas más buscados del país. Paseaba siempre vestido de negro, cargando un maletín de cuero, también negro. De repente, escuchó unas voces que gritaban al unísono: ¡Somos millonarios! ¡Somos millonarios! ¡Somos millonarios! Su ambición se despertó en seguida con este estímulo y se quedó bien con el número y la dirección de la casa. Mientras merodeaba por el vecindario pensaba en esta frase que se le había metido en la cabeza "¡Somos millonarios!, "supongo que les habrá tocado la lotería", —pensaba. La verdad, es que se les escuchaba felices; ¡y como para no serlo!, ¡¿quién no querría ser millonario?!, sobre todo él, un ladrón de joyas, siempre estresado, siempre huyendo... Es cierto que él no era un ladrón de casas, pero si este golpe le salía bien, podría significar su retirada..." Con estos pensamientos codiciosos, llegó al hostal donde se alojaba y comenzó a planificar su siguiente trabajo. Esa misma noche de madrugada, iría a inspeccionar la casa desde fuera para organizar cómo entrar. Una vez dentro, ya sabría lo que hacer, al fin y al cabo, robar joyas era mucho más complicado.

Siete noches más tarde, estaba preparado para pasar a la acción. Había estado espiando a la familia, conocía todos sus movimientos. Desgraciadamente, no salían fuera el fin de semana, así que tendría que entrar en la casa con ellos durmiendo. Esa misma noche, a las cuatro de la madrugada, silenciosamente forzó la cerradura, ¡hay que ver qué fácil le resultaba esto!, ¡ya estaba dentro! Ahora, solo tendría que encontrar el dinero. Al entrar, sin querer, tropezó con una mesita y un libro le cayó sobre el pie: "El secreto", —leyó. "¡Menuda porquería sensacionalista! —pensó y lo colocó de nuevo sobre la mesa. Luego, dejó su maletín del que nunca se separaba justo debajo. "Bueno, acabemos con esto cuanto antes." —se dijo exigente. Y meticulosamente y con una habilidad digna de todos los halagos, registró toda la casa sin hacer el más mínimo ruido, en busca del dinero. Arriba Matt roncaba fuertemente, pero Elisabeth llevaba rato soñando que estaba en una sala de cine y que le entraban ganas de ir al baño, siempre le pasaba lo mismo, todas las noches se despertaba con ganas de hacer pipí.

El ladrón de joyas estaba en el piso de abajo frustrado por no haber encontrado nada y sopesando si valía la pena arriesgarse y registrar la habitación matrimonial, al fin y al cabo, su trabajo conllevaba siempre cierto riesgo. Subió las escaleras de puntillas, mientras tanto Elisabeth se había medio despertado, decidida a ir al baño, cuando, de repente, vio una mano con un guante negro empujando la puerta entreabierta. Del susto, se quedó pálida, sintiendo un sudor frío recorrerle la frente y el cuerpo medio paralizado. Hizo un gran esfuerzo para no gritar, mientras le daba pequeños pellizcos a su marido bajo las sábanas. Entreabriendo un poco los ojos, observaba como el ladrón registraba silenciosamente la habitación. Por suerte, tenía el palo de golf de su marido bajo la cama. Sigilosamente, para no alertar al intruso, fue sacando el brazo hasta agarrarlo, entonces, con la adrenalina del miedo y decidida a proteger a su familia, salió de la cama como una loca, gritando y persiguiendo al ladrón con la intención de golpearlo, mientras este se cubría la cabeza, huyendo despavorido hacia las escaleras. Ella seguía intentando darle bien. Todo este jaleo había despertado a Matt que corría detrás también. Por suerte para ellos, el ladrón pisó uno de los cochecitos de juguete de Stevie en uno de los peldaños y se cayó rodando por las escaleras, dándose un fuerte golpe en la cabeza.

Cuando llegaron abajo, el ladrón estaba inconsciente. —¡Llama a la policía, cariño!, ¡rápido no sea que se despierte!, ¡qué miedo! Matt encendió la luz del salón y fue a la mesita junto a la entrada donde tenían el teléfono. Sin embargo, nada más descolgarlo, se percató de que debajo del libro *El Secreto* había un maletín de cuero negro. Entonces, le hizo un gesto a su mujer para que lo abriera, sin llegar a llamar. Elisabeth abrió el maletín, ambos se sentían expectantes. ¡Dios mío! —dijo ella llevándose las manos a la boca. A todo esto, Stevie se había despertado y había bajado al salón, asombrado de ver a un hombre tirado en el suelo, preguntó a sus padres: —¡Papá, mamá!, ¡¿qué ha pasado?! Sus padres sin poder contener la emoción miraron primero a su hijo, luego se miraron fijamente a los ojos, agarrándose las manos y dando saltos frenéticos empezaron a gritar: ¡Somos millonarios! ¡Somos millonarios! ¡Somos millonarios! Stevie, como siempre, contagiado por tal euforia empezó a dar vueltas de alegría gritando también, ¡Somos millonarios! ¡Somos millonarios! ¡Somos millonarios!

El carnaval de Venecia

Aquel frío día de invierno, me resultaba imposible contener la emoción. Fue entonces, cuando un par de lágrimas tímidas recorrieron desapercibidas mis mejillas, mientras observaba el cielo gris plomizo, burlarse de nosotros, a través de la ventana. Afortunadamente para todos, y quizá por respeto a la solemnidad de aquel día, la lluvia nunca llegó a entrar en escena. Por fin me encontraba en Venecia, en casa de mi mejor amiga Alessia, que llevaba años invitándome a disfrutar juntas de uno de los mejores carnavales del mundo.

Encima, había llegado justo el día de la inauguración del carnaval y, no solo eso, Alessia iba a ser ese año la gran protagonista del vuelo del ángel. Su traje estaba valorado en casi dos mil euros y era realmente hermoso, pues en él, parecía una verdadera princesa de cuento. Ese día, la excitación se respiraba en el ambiente de aquella casa, por lo común ordinaria. Hasta yo misma me sentía totalmente emocionada y parte de algo muy especial, ayudando con los preparativos. En breve, tendríamos que salir para San Marcos, el vuelo del ángel tendría lugar a las doce del medio día. Los padres de Alessia la miraban con auténtico orgullo, como si a través de su hija se reconciliaran con viejos anhelos, a la vez que se vanagloriaban de su perfecta organización, pues todo estaba saliendo a pedir de boca.

Yo, por mi parte, un ser más caótico y espontáneo, no tenía disfraz, pero la suerte estaba de mi lado, Alessia iba a prestarme un auténtico vestido de carnaval veneciano, blanco, largo, de falda abombada y mangas de volantes. Todo él adornado con intrincados bordados dorados y pedrería. Como complemento, unos guantes de seda blancos, le añadían un toque de elegancia a todo aquel alarde de feminidad, lo único que le faltaba era la máscara. Al parecer, Alessia la había perdido en unos carnavales. Por supuesto, esto no suponía ningún problema, ya que tenía pensado comprarme una en alguno de los puestos ambulantes. Así que nada más llegar al centro, me despedí de Alessia, a la cual vería de nuevo después del vuelo, para correr a los puestitos en busca de mi máscara. Encontré una muy bonita, blanca y dorara, a juego con el vestido. La elegí ligera, a modo de antifaz, para que solo me cubriera la mitad de la cara, ya que las otras máscaras me producían una sensación de agobio. De ahí, fui directa al famoso puente de los suspiros, decidida a subir mi primera historia de Instagram.

Con el brillante antifaz puesto, me puse a suspirar con el puente detrás, con la esperanza de que alguien lo entendiera. Tras esto, decidí ir a comer algo, porque ya me podía el hambre y me estaba sintiendo algo mareada. Los padres de Alessia habían insistido en brindar en honor a su hija, sabía que el alcohol no me sentaba nada bien, pero me pareció descortés no participar de aquella alegría. Pronto, encontré un lugar de comida rápida y me pillé un *panini* de *mozzarella* y *pomodoro*. Lo fui mordisqueando de camino a San marcos, estaba impaciente por llegar a la famosa plaza.

Nada más llegar, me quedé embelesada contemplando aquel despliegue de arte y belleza. El León de San Marcos vigilaba desde lo alto, mientras yo admiraba maravillada aquellas dos torres bellísimas con el campanario al fondo desde el que bajarían a

Alessia. En frente, estaba la impresionante basílica y al lado el Palacio Ducal. No me extraña que Napoleón la describiera como una de las plazas más bellas de Europa. Ensimismada ante tal visión, sentí un tirón brusco en mi mano. Para mi sorpresa, una gaviota me había robado el panini, ¡pero con qué ímpetu me había dejado sin almuerzo! Una parte ahora en su pico y la otra esparcida por el suelo, atrayendo también a un coro de palomas hambrientas.

Justo en ese momento, empezaron a sonar las doce campanadas anunciadoras del vuelo del ángel que abriría el carnaval, y con ello, me olvidé de las aves y también del hambre. Cuando miré hacia arriba, mi amiga Alessia, se encontraba ya en lo alto de la torre del campanario. ¡Qué hermosa estaba! Llevaba un traje de seda, tul y terciopelo, color púrpura, rebosante de gráciles volantes y acabado en una cola de ensueño. Su cabello largo y negro brillaba con la luz del sol y destacaba sobre el chaleco de plumas naranjas. Llevaba una máscara que le tapaba solo media cara, y que en la parte superior desplegaba un abanico de plumas largas, también de color naranja, a juego con las alas de la espalda. Claro, ella era un ángel. ¡Estaba espectacular! ¡Toda una princesa de palacio medieval con las comodidades del siglo XXI! En ese momento, me parecía increíble que mi amiga se hubiese prometido con Marco, aún sabiendo que él llevaba años detrás de mí. De todos modos, nunca me había parecido realmente interesante y, cosa extraña, él tampoco se había atrevido a tomar ninguna iniciativa, aún así me sorprendía verlo ahora prometido con mi mejor amiga...

Justo en ese instante, Alessia empezó a descender lentamente de la torre de ochenta metros. En cuanto a mí, comenzaba a sentirme presa de cierta envidia, al comparar aquel salto levitante y desenfadado, tan ligero, con mi propia vida. Por unas horas, había logrado desconectar en Venecia. Mi cabeza tormentosa se había vaciado por un tiempo, llenándose de belleza y de arte. Cuánto desearía poder sentirme así de liviana y desenfadada, en lugar de estar siempre estresada y angustiada. Con estos pensamientos, los pies de Alessia rozaron sutilmente el suelo y todos aplaudieron felices el inicio del carnaval. De nuevo animada, gracias a esta euforia colectiva, corrí a unirme a Alessia y a sus amigos.

Pronto, pude desconectar de nuevo. El círculo de amigos de Alessia me acogió en seguida. Claro que todo resultaba más fácil, entre copas y aquel aire distendido del carnaval. Una vez más, me vi tentada, sabía que no debía tomar alcohol, pero quería desinhibirme y ser una más, fundirme en aquella fiesta, confundida entre risas y colores. En plena luz del día, resultaba increíblemente maravilloso, verse rodeada de verdaderas obras de arte y de aquel despliegue de colores. Nunca antes, había visto disfraces tan hermosos y elegantes, realmente me sentía transportada a un mundo mágico, sobre todo, cuando sin apenas haber comido, el alcohol me empezó a hacer efecto. Todos reían y bailaban sin parar, así que movidas por este entusiasmo, Alessia y yo nos enganchamos del brazo y empezamos a dar vueltas vertiginosas.

La plaza de San Marcos giraba entorno a nosotras y, por un día, me sentí coprotagonista de algo. Era la española, la mejor amiga de Alessia, la invitada, la novedad. Todos me colmaban de atenciones e insistían en rellenarme la copa una y otra vez. Aunque las máscaras me inquietaban profundamente, a la luz del día parecía que no me daban tanto miedo. Aún así, me sentía aliviada cuando veía a gente con máscaras de media cara, en la que dejaban entrever cierta sonrisa, así como algún rasgo de humanidad, ya que, en lo que respecta al resto de disfraces, la gente iba cubierta de la cabeza a los pies, sin dejar traslucir nada, era como ver muñecos de porcelana gigantes cobrar vida. De hecho, cuando oscureció, empezó a invadirme un creciente desasosiego. Mi mareo se mezclaba con aquellas máscaras que progresivamente me parecían cada vez más misteriosas, algunas incluso terroríficas. Es más, aturdida con tanto disfraz, ya no podía distinguir entre los amigos de Alessia y el resto de la multitud entremezclada. Pero sabía que mientras tuviera a mi amiga a mi lado todo iría bien.

Fue entonces, cuando Alessia me tomó del brazo en un arrebato, y salimos corriendo, muertas de risa, aunque yo me dejaba llevar por ella. Los chicos corrieron tras nosotras. Por lo visto, habíamos iniciado el juego de la cogida. Rápido, nos fuimos alejando de la plaza, mientras Alessia me metía por unas callejuelas estrechísimas, corriendo como una loca y riendo fuertemente. Yo procuraba seguirle el ritmo, a pesar de estarme asfixiando un poco. En una de estas, me paré en seco, en un intento de recobrar el aliento. Alessia no me esperó, sino que siguió corriendo, a la vez que gritaba, —*Dai Marta! Corre che ci prendono!* Pero yo no logré retomar la carrera, y cuando volví a levantar la vista, vi a mi amiga desaparecer girando a la derecha, al final de una callecita. De todos modos, la mezcla del alcohol con aquel esprint, no me había sentado nada bien, por lo que todo daba vueltas a mi alrededor. Aún así, empecé a correr de nuevo en busca de Alessia, hasta que, de repente, un chico con máscara de pico blanca, sombrero y capa negros, todo cubierto, me paró en mitad de uno de los callejones. Al ponérseme delante, me bloqueó el paso y riéndose me dijo algo en italiano que, entre el mareo y los nervios, no comprendí. Mi mirada se había quedado fija en aquella máscara horrible, en la que ni se distinguían bien unos ojos. Justo entonces me invadió el pánico, así que empujé fuertemente al chico para quitármelo de encima y salí corriendo entre un laberinto de estrechos callejones y puentes, totalmente perdida, sola y cada vez más estresada, gritando ¡Alessia! ¡Alessia! Las máscaras se giraban hacia mí, mirándome interrogantes, algo que me angustiaba aún más.

De repente, me sentía sola y perdida en aquella ciudad desconocida. Resultaba curioso como aquel carnaval tan anhelado, se estaba transformando en una pesadilla. Me sentía en peligro. Cada vez que miraba hacia atrás veía al chico de la máscara de pico blanca corriendo hacia mí "¡Me está persiguiendo!" —pensaba.

El pánico ya no me dejaba pensar. Fue entonces, cuando acabé desembocando en otra de las callejuelas y me pareció ver la cola del vestido de Alessia arrastrándose por el suelo, mientras dos enmascarados la introducían en una casa. Corrí en su ayuda tan rápido como pude, pero al llegar a la puerta, ya estaba cerrada. Así que empecé a aporrearla angustiada, gritando: —*Aprite! Aprite la porta! Lasciate andare la mia amica! Aprite!* Entonces, apareció de nuevo el desconocido de la máscara picuda, venía corriendo hacia mí, por lo que, aún más asustada que antes, hui despavorida de nuevo. Esta vez, logré dar con el camino a la plaza. Todo el mundo me miraba, ya que no paraba de gritar: —*Aiuto! Aiuto! Chiamate la Polizia!* Me sentía exhausta y muerta de miedo, pues, al volver a mirar hacia atrás la sombra enmascarada ya casi me estaba alcanzando. ¡No sabía qué hacer! ¡Así que empecé a gritar aún más fuerte, pidiendo ayuda! Hasta que, desfallecida, paré en seco y todo empezó a darme vueltas más intensas, que cuando estaba en movimiento.

Un grupo de máscaras me rodeó de súbito, como cerrando un círculo entorno a mí. Cada vez me palpitaba más fuerte el corazón, hasta que, de repente, todo se volvió negro. Cuando volví a abrir los ojos, me encontraba en una habitación súper iluminada. Casi no podía moverme y sentía como si alguien me hubiese golpeado fuertemente en la cabeza. Mi visión era borrosa y no podía distinguir lo que acontecía a mi alrededor. Pude escuchar el ruido de una puerta que se abría y el sonido de pasos acercándose, hasta que una figura distorsionada con máscara de animal, se detuvo a mi lado. Me miró con una sonrisa siniestra y empezó a hablarme, pero yo no entendía nada. Entonces, intenté liberarme, gritando y pidiendo auxilio, pero, de repente, me sentí inmovilizada, mientras otra figura me inyectaba algo en el brazo. Aquel pinchazo me hizo sentir un dolor agudo y pronto aquel escenario empezó a desvanecerse. Traté de luchar contra la sedación, pero fue inútil, caí rendida en un profundo sueño involuntario del que no me desperté hasta no sé cuándo.

Cuando volví a recuperar la conciencia, me vi en una cama de hospital. Alessia se encontraba a mi lado, cogiéndome de la mano. En la puerta, estaba Marco, en traje, gorro y capa negros, con la dichosa máscara blanca picuda en la mano, detalle que lo aclaraba todo… Entonces, fui consciente de que me había vuelto a suceder. Los antipsicóticos no me libraron de sentir una profunda vergüenza, así como un sentimiento de vulnerabilidad tan intenso, que parecía desbordar mi pequeño cuerpo. Los párpados me pesaban del sueño, pero aún así levanté la mirada para descubrir el rostro preocupado y estupefacto de mi amiga. Obviamente, ya le habían hablado de mi trastorno delirante. Intimidada por la situación y sin saber qué decir, permanecí en silencio. Nunca me había atrevido a hablarle a Alessia de mi TDC, un poco por vergüenza, un poco por disfrutar de cierta equidad en nuestra amistad, pero parece ser que ciertos secretos, no pueden *enmascararse* por siempre.

El timbre

Ana se encontraba en un sueño profundo cuando, de repente, un fuerte ruido la despertó de un sobresalto. Como siempre, lo primero que hizo fue palpar con la mano el lado de su cónyuge para sentirse segura y comprobar que todo estaba bien, sin embargo, ¡estaba vacío! El apartamento estaba oscuro y en profundo silencio, ni siquiera podía imaginarse la causa del fuerte estruendo que la había despertado. La luz del baño estaba también apagada, entonces, ¡¿dónde demonios estaba Fran?! Las personas no desaparecen en mitad de la noche, así como así.

Con miedo, se levantó de la cama, decidida a inspeccionar la casa. Le dio al interruptor de la luz, pero para su sorpresa, también extraño, ¡la luz estaba cortada! Con todas las persianas cerradas, tampoco entraba la más mínima claridad desde la calle. De puntillas, sintiéndose sumamente insegura por no saber con lo que se iba a encontrar, empezó a buscar a Fran por aquellos escasos 72 m2, ¡ni rastro! Fue entonces cuando el sonido estruendoso del timbre inundó todo el apartamento y resonó en el silencio sin eco. Un sonido fuerte y violento irrumpiendo en la tranquilidad de la noche. Se había quedado helada, su corazón latía tan fuerte que parecía que se le iba a salir del pecho. —"¿Quién llamaría a estas horas?, ¿sería Fran...?" Titubeante, dio pasos silenciosos y algo tímidos hacia la puerta. Una vez delante, chequeó primero la mirilla, por si acaso. —"¡Dios!" —pensó y se le heló todavía más la sangre. ¡No había nadie al otro lado de la puerta! Pero acababan de tocar...

Justo en ese instante, las persianas del ventanal del salón a su espalda, se subieron solas bruscamente. Otro sonido que irrumpió en el más profundo silencio, dándole un vuelco al estómago. —"¡Pero si no había nadie al otro lado de la puerta! ¡¿Qué estaba pasando?!" —se preguntaba aterrada, ya con ganas de llorar. Paralelamente, vio una sombra cruzar el pasillo y dirigirse hacia el dormitorio, —"¿pero de dónde había salido?, si venía de registrar toda la casa..." Entonces, le empezó a temblar todo el cuerpo, y su respiración se volvió entrecortada. Muerta de miedo, fue tras la sombra. Para su sorpresa, Fran estaba de nuevo en la cama, pero extrañamente silencioso, no roncaba, ni siquiera se le oía respirar. Así que lo zarandeó suavemente por el brazo, —"¡dios!, ¡qué momio y frío estaba! ¡No era posible! ¡Estaba muerto! ¡Pero si hace un momento ni siquiera estaba en la cama!". Y entonces, de un salto brusco se sentó en la cama, empapada en sudor. A su lado, Fran roncaba y respiraba profundamente, siempre había dormido mejor que ella. Lo tocó ligeramente y sintió el tacto cálido de su piel. ¡Todo había sido una pesadilla!

Más tranquila, se dejó caer de nuevo sobre la almohada. Ya suspiraba aliviada cuando de repente ¡rin, rin! ¡rin, rin! El estridente sonido del timbre volvió a inundar el apartamento, lo que esta vez era de verdad. Fran ni se inmutó, ¡cómo envidiaba su sueño profundo! Otra vez con el susto en el cuerpo y aturdida, se levantó de la cama. Esta vez se puso la bata y las zapatillas y fue hacia la puerta. Los peores pensamientos se le pasaron por la cabeza, —"¿quién y por qué llamaría a estas horas?" Al entrar al salón instintivamente miró las persianas y comprobó que estaban bajadas, exactamente como las había dejado antes de irse a dormir. Tal y como las dejaba siempre. La casa estaba ordenada y todo estaba exactamente en su lugar. Tenía la sensación de haber tardado siglos, pero de nuevo se vio pegada a la puerta. Lentamente y con miedo a lo que podría encontrarse, levantó la pestaña metálica de la mirilla y miró a través de ella. Al hacerlo, un escalofrío indescriptible le recorrió el cuerpo. Una mujer totalmente vestida de negro, con la cabeza cubierta con un velo tupido, se encontraba al otro lado de la puerta. —"¡Dios mío!, ¡¿quién era aquella mujer siniestra?! ¡Ni en sueños le pensaba abrir!" Con miedo, empezó a caminar hacia atrás sin quitarle el ojo a la puerta, comprobó también que la llave estaba pasada. —"¿Seguiría ahí, silenciosa y callada? ¿Acaso no pensaba irse?".

Fue entonces, cuando la mujer casi en respuesta a sus interrogantes, empezó a susurrar su nombre: —Anaaa, Anaa, Anaaa, ábreme la puerta... Su voz era extraña, más bien parecía un eco bajo y ronco de otra dimensión, casi discordante con la vida. Todavía más asustada, volvió a retroceder de espaldas, de repente, empezó a lanzar gritos de terror, al sentir unos brazos que la agarraron por detrás. —¡Ana, Ana! ¡Tranquilízate, por favor! ¡Es solo una pesadilla! Y se vio de nuevo en la cama, junto a su novio que la abrazaba cariñosamente. —¿Estás bien? Estabas gritando en sueños. —¡Sí! —respondió Ana aturdida. Con la respiración irregular y totalmente asustada se abrazó a Fran unos minutos hasta que se sintió más calmada. Aquellas pesadillas la dejaban exhausta, a veces, nada más despertarse le costaba distinguir entre sueño y realidad durante un tiempo. Esta vez se había lucido, se había marcado un dos en uno, es decir, dos pesadillas en una. Odiaba cuando le pasaba esto, al día siguiente estaría agotada y lo pasaría fatal, tendría que hacer algo al respecto. Le parecía increíble hasta qué punto la podía torturar su propia mente.

Ya algo más tranquila, se recostó de nuevo, con el único deseo de poder descansar de una vez. Fran ya estaba roncando otra vez, era increíble la facilidad que tenía para dormirse. Entonces, cuando se sentía por fin mecer y arrastrar por el sueño, su móvil empezó a sonar desde el salón, donde lo dejaba cada noche, por si se daba alguna emergencia. Desde luego, aquella noche no le daba tregua. Fran se despertó automáticamente de un sobresalto, por lo tanto, no podía estar soñando de nuevo. Esta vez era real. Fran inquieto, le preguntó: —¡¿habrá pasado algo grave?! ¡Son las cinco y media de la madrugada!

Aquella noche tortuosa para Ana, no parecía tener fin. Nerviosa y, a la vez, con miedo a lo que se iba a encontrar, corrió a la mesita donde se encontraba el móvil, decidida a parar el escándalo. Cuando miró la pantalla, no figuraba ningún contacto, ni tampoco ningún número de teléfono. ¡La pantalla estaba en negro! —¿Quién es, Ana? —preguntó Fran, cada vez más intrigado, al ver que ella no respondía a la llamada.

Ana no dijo nada, se sentía bloqueada y como hipnotizada. Fue entonces, cuando descolgó y delicadamente se llevó el móvil a la oreja. —¿Diga? —preguntó. Entonces, le pareció haber establecido contacto con algo desconocido, como del más allá. Una voz lúgubre, apagada, casi fantasmagórica, con ruidos de fondo muy extraños e inquietantes, que no había escuchado jamás, resonó al otro lado de la línea: —despídete de tu madre, Ana. —le dijo y se cortó. Ana se quedó blanca y petrificada. Fran la zarandeaba preguntándole: —¡¿Qué pasa?! ¡Ana, dime algo!, ¡reacciona! En ese instante, le entró a Fran un mensaje de texto en el móvil, era la tía de Ana, diciéndole que la madre de Ana acababa de morir.

La escritora

Agatha se llevó las manos a la cabeza, le resultaba imposible escribir con aquellos gritos. Solo una pared de pladur la separaba de aquella pareja odiosa, decidida a auto-destruirse, así como a acabar con ella. Necesitaba poder terminar su novela y entregársela al editor cuánto antes. La calidad de su trabajo era lo más importante para ella en ese momento, así que se puso los auriculares, para ver si gracias al piano melodioso y dulce, lograba concentrarse, así como volver a retomar su inspiración.

Aún así, los gritos, los insultos, las degradaciones, el descuartizamiento psicológico y emocional que perpetraba aquella pareja, le resultaban de lo más inquietante, a veces, incluso espeluznante, sobre todo cuando se oían fuertes golpes y gritos de dolor, acompañados por el llanto del niño. Nunca dejaría de asombrarle aquella capacidad autodestructiva que poseía el ser humano. Es más, aquella gente se había acostumbrado tanto a ella, como a su violencia. Se había vuelto invisible.

De hecho, estaba convencida de que sus horas y horas de escritura, encerrada entre aquellas cuatro paredes o retomando el aliento en el parque, la volvían prácticamente inexistente a los ojos de aquellas personas desquiciadas, llevando su vida al mayor desastre imaginable, mientras le dejaban una pobre herencia a su pequeño hijo. No más un puñado de heridas psicológicas que lo acabarían convirtiendo quién sabe en qué, tal vez en un sociópata, en un maltratador como su padre o en un simple atormentado y depresivo perpetuo. Obviamente, no subestimaba el destino, por eso le gustaba tanto escribir sus novelas e idear sus personajes. Todos eran predecibles para ella, ella también los abocaba a unas circunstancias y no a otras, les daba características, palabras, comportamientos y los sentenciaba a un inevitable final en el que ellos no tenían nada que decir. Aunque la novela que estaba escribiendo actualmente era una excepción, pues se había decidido a experimentar con el más crudo realismo, valiéndose de un estilo conciso y directo, una escritura sencilla que iría directa a clavarse en cualquier corazón.

En sus novelas anteriores de mundos controlados, se podía mover a su aire. Ella mandaba, ella era la reina de su imaginación y nadie más. En el presente, era evidente que había perdido todo el control sobre aquella historia que más bien se presentaba ante ella, como una gran alucinación increíble y, sin embargo, tan real. En la habitación de al lado, la mujer volvía a romper en un llanto agudo, reprochándole los duros golpes a su marido. Se preguntaba si también esta vez correría a urgencias o si serían heridas de más andar por casa. Agatha, subió al máximo el volumen del piano, intentando huir de aquella tortura a la que ella misma se había sometido. Aquella violencia perturbaba su paz interior y dañaba su sensibilidad, así que lo más aislada posible, se adentró de nuevo en su novela, intentándole dar vida a aquel mundo paralelo sobre el que aparentemente no podía ejercer una gran influencia.

Horas después, alguien llamó tímidamente a la puerta. Obviamente no podía tratarse del bárbaro, al cual ya le había pagado el alquiler de la habitación, así como un par de extorsiones más. Aquel ser era como demoniaco, lo golpeaba todo a su paso, gobernado por una ira infinita, descarriado de impulso e intoxicado de alcohol. No, aquellos golpes sutiles, venían de una mano, mucho más pequeña. —Adelante —dijo dulcemente Agatha. Cristiano abrió tímidamente la puerta y se sentó en un silloncito a un lado de la mesa escritorio. A veces, se pasaba horas allí sentado junto a ella. Pasó un tiempo callado pensando en no se sabe qué, mientras ella continuaba inmersa en su proceso de escritura, hasta que, sin poder contenerse por más tiempo, la interrumpió. —Agatha es un nombre muy bonito, ¿te lo puso tu padre? —No —respondí algo seca, sin gana alguna de adentrarme en el pasado, ni mucho menos por saciar una curiosidad infantil. —A mí no me gusta mi nombre, mi padre me lo puso por el futbolista. Pero a mí el fútbol me aburre, lo que, si se lo digo a mi padre, se enfada.

Aquellas palabras me desquebrajaron un poco mi corazón de ermitaño, ya que conocía perfectamente su trasfondo. Tenía que acabar mi novela lo antes posible. Aquel entorno me estaba empezando a pasar una factura más alta que el dinero. Así que me di la vuelta y miré fijamente a Cristiano. —Si no te gusta tu nombre, puedes cambiarlo. Hay millones de nombres en el mundo. De pronto, se oyó un portazo y el niño se sobresaltó angustiado. Así era la vida en aquella casa, en la que se vivía en una tensión perpetua, sin saber cuándo se desataría la bestia o cuando caería sobre ti. Por fortuna, se había ido, así que todo quedó en calma. Ahora todos dispondríamos de ciertas horas de paz, mientras se recargaba en el bar. —¿Cristiano, qué significado te gustaría que tuviera tu nuevo nombre? —¡Pues quiero ser como un superhéroe! —Charlie es un nombre muy bonito que significa fuerza... —¡Sí, Charlie! ¡Charlie! ¡Ese será mi nombre a partir de ahora! —¡De acuerdo, pero será nuestro secreto! Y le hice un gesto sellándome los labios que él repitió después de mí. Se había convertido en nuestro juramento.

Con el transcurrir de los meses, lo que en un principio habían sido breves y tímidas visitas, se había transformado en una convivencia. Ahora Charlie incluso dormía en el pequeño sillón de mi habitación, que se había convertido en su refugio. Y cada noche un cuento, yo ya hasta me lo llevaba conmigo al parque, me encantaba verlo jugar con otros niños y disfrutar. Su risa me contagiaba una felicidad inmensa que nunca antes había conocido en mi vida solitaria de escritora, siempre rodeada de personajes ficticios e inertes, flotando en mi imaginación, separándome cada vez más del mundo.

Charlie venía de vez en cuando hasta mí para ofrecerme alguna pequeña flor que había arrancado de los alrededores y me preguntaba por lo que había escrito en mi cuaderno. Entonces, se lo contaba todo e incluso le enseñaba alguna palabra que no entendía, luego se iba de nuevo a los columpios. Ese día, de camino al mercado, había visto un pijama de *Spiderman,* su superhéroe favorito en un escaparate y fui incapaz de resistirme.

Esa noche, después de prepararse un sándwich, Charlie corrió a mi habitación. Era increíble como su madre pasaba totalmente de él. Cada vez más, descuidaba la responsabilidad de su hijo, no sé si porque la estaba delegando en mí o si su estado zombi depresivo no le dejaba fuerzas para más. Se pasaba el día tirada delante de la tele, atiborrándose a comida basura y solo parecía llenarse de vida o de cierta emoción cuando llegaba su marido y con él los golpes y los gritos y demás.

Cuando vi a Charlie entrar por la puerta, me asombró cuan diferente era de sus padres, realmente no tenía nada que ver con aquellos seres que lo habían engendrado. Poseía una gracia, una finura, una sensibilidad y, a la vez, aquella fuerza, todo conglomerado en aquel cuerpito. En seguida, saqué del armario su regalo y le tendí la mano. Se quedó un breve lapso de tiempo parado ante él. Como si aquel gesto le fuera totalmente ajeno. Entonces, lo agarró como sediento, le arrancó el lazo y empezó a romper el papel de regalo sin el más mínimo decoro. Cuando vio el pijama de su superhéroe favorito, se puso a saltar como un loco por la habitación.

Ese instante, las visitas al parque, los cuentos y las palabras, habían sido detonantes de grandes explosiones de alegría. Yo reía mirándolo maravillada. Charlie, entusiasmado se quitó su camisita habitual para ponerse el pijama. Fue entonces, cuando vi los moretones y las marcas en sus pequeños brazos y en su pequeño torso, no pude contenerme, se me saltaron las lágrimas. —¿Por qué lloras Agatha? —No es nada, Charlie, es solo que tu pijama es tan bonito... Mientras le decía esto, lo arropé en su pequeño sillón, y empecé a inventarme un cuento sobre la marcha, aunque no logré llegar ni a la mitad, el angelito había caído rendido en un sueño profundo. Un sueño que lo protegía durante algunas horas de su cruda realidad. Por mi parte, me quedé mirándolo, ya había entregado mi manuscrito al editor hacía una semana, pero no había sido capaz de abandonarlo en aquel infierno, a su suerte.

Al día siguiente, desperté a Charlie muy temprano, mientras sus padres aún dormían. Metí el pijama de *Spiderman* en mi maleta y me cercioré de que no quedara ni el más mínimo rastro de mi persona en aquella habitación. Como si todo aquello jamás hubiera sucedido o como si jamás me hubiese hospedado allí. Al salir al salón, menudo caos era aquel lugar, olía hasta mal. Dejé en la mesa un sobre con una generosísima suma de dinero, dispuesta obviamente, a cubrir mucho más que el simple alquiler de una habitación. Sabía que aquellos seres estarían conformes. Tras esto, le hice un gesto a Charlie con la mano y abrí la puerta silenciosamente. A partir de ese instante, solo nuestros pasos apresurados resonaron por la escalera hasta la calle y nada más salir, el brillo del sol inundó nuestros rostros.

Una vez en el despacho del editor, este colmó a Agatha de halagos. Estaba sinceramente conmovido por el realismo de su obra, por la riqueza de detalles y por el cambio radical en su estilo de escritura. —Sinceramente Agatha, me has dejado boquiabierto. Esta última novela..., casi pareces otra persona. Asimismo, me parece que tiene mucho potencial, el tema de la violencia de género está más que en boga. Y con qué precisión y realismo has descrito a los personajes, sus disputas, por momentos casi me parecía estarlos viendo. ¡¿Cómo lo has conseguido?! —No voy a revelarte mis secretos de escritora, Mauro. Tantos años juntos y parece que no me conoces. —Por cierto, ¿Y este niño? —Es mi sobrino. —¡Hola chaval!

¿Cómo te llamas? —Charlie. —¡Toma! ¡Aquí tienes un regalo por ser familia de la escritora! Y le regaló varios libros de cuentos unidos por un gran lazo y un chupachup. Tras esto, Agatha firmó, el acuerdo estaba cerrado y ya era hora de irse. Mauro, les indicó rápidamente dónde se encontraba la nueva parada de taxis, pues iban justos para el vuelo. De camino a la parada, mientras caminaban en silencio, Charlie, la cogió de la mano. Era un gesto que no había hecho aún antes. Agatha sintió una corriente de ternura recorrerle todo el cuerpo desde el brazo, entonces giró la cabeza y lo miró, ambos se sonrieron, pues eran conscientes de que con aquel gesto habían entrelazado sus destinos para siempre, pero no en un cuento o en una novela, sino en la realidad. No con meras palabras, ni con violencia, sino con amor.

El Hacker

Desirée salió del despacho de su padre, poniéndose rápidamente las gafas de sol. Con este gesto, ocultó sus lágrimas. No quería que los empleados se diesen cuenta e iniciaran una oleada de comentarios, ya que, claro, ella era la hija del jefe. Su trabajo en la empresa era ridículo, ninguna de sus ideas se tenía en cuenta. Para su padre, ella no era más que una muñequita. Una vez más, había intentado acudir a él, hablarle de lo que sentía respecto a que estuviera engañando a su madre e incluso de su nuevo proyecto. Durante años, perseguía aquella empresa imposible, que él estuviera orgulloso de ella. Acababa de graduarse como diseñadora de interiores por la universidad a distancia y ni esa noticia pudo darle, ya que siempre había una llamada, algo urgente de la empresa que atender, cualquier cosa antes que ella. En cuanto a su madre, lo llevaba bastante bien, mientras tuviera dinero que gastar.

De camino al ascensor, se secaba disimuladamente las lágrimas, a la vez que buscaba en su memoria algún recuerdo amoroso entre sus padres o entre ellos como familia, pero no encontró más que la típica foto junto al árbol de navidad o junto a la piscina, posando para revistas que lo anunciaban como el mejor empresario del año. A todo esto, el ascensor no llegaba, así que apretaba insistente el botón, deseando que no le hablara nadie. Pensando esto, ¡clin! se abrió la puerta del ascensor y se topó con Claudia. "¡Ufff! ¡Genial! Precisamente su favorita, la más falsa de toda la planta." —pensó. —¡Guapísima! ¿Qué tal? —le dijo ella, en un torpe intento de iniciar una conversación,

—¡disculpa! ¡tengo prisa! —respondió Desirée, incapaz de ocultar su irascibilidad.

Una vez fuera del edificio, sintió una brisa de aire fresco acariciarle el rostro, las lágrimas se fueron secando poco a poco, al fin y al cabo, no tenía sentido llorar por causas perdidas. Ese día se había rendido al fin, la empresa de conquistar el amor y el reconocimiento de su padre había quebrado definitivamente. Así que, para consolarse y celebrar la obtención de su nuevo título, se premió con lo que su padre siempre le había dado en sustitución a todo, dinero. De este modo, armada con la tarjeta de crédito, se paseó de tienda en tienda, haciéndose con un par de modelitos de marca, unos zapatos, un bolso, un par de buenas cremas, y una novela que la atrajo principalmente por el título: *El Flechazo*.

Cansada de tanto caminar con tacones, decidió regalarse un buen café. A pocos pasos, estaba su cafetería favorita, Starbucks, lugar perfecto, además, para empezar a leer su nueva novela. De repente, la volvió a invadir cierta nostalgia al ver a un hombre en chaqueta y corbata, que, a simple vista, le recordó a su padre. Obviamente, aquel fantasma sería difícil de espantar. Una vez en la cafetería, se pidió un moca blanco con nata y se sentó junto a la ventana. En sus pausas de lectura, le gustaba observar a la gente, imaginarse sus vidas e incluso que estarían sintiendo en ese momento. Fue entonces cuando, de repente, una voz varonil la sacó de su mundo. Al levantar la vista, se encontró con un chico joven, de muy buen ver. Tenía la piel blanca, los ojos marrones, grandes y expresivos. Su pelo castaño tenía ciertos reflejos rubios, pero lo que más le gustaba de él, era que conservaba cierta inocencia en su rostro.

Sus miradas se habían quedado como detenidas en aquel instante. —¿Te importa si compartimos mesa? — preguntó dulcemente. —¡Sí!, quiero decir ¡no! ¡no me importa! —respondió Desirée hecha un lío. En su interior, había crecido una ilusión, una especie de nerviosismo con el mero contacto visual, así que no se sentía para nada natural. Él se sentó frente a ella e inició una conversación distendida, asegurándole que la describiría exactamente, solo por el café que estaba tomando. Ella se rio divertida, invitándolo a que lo intentara, aunque dejando bien claro que dudaba mucho que acertara, pues se consideraba una chica bastante original.

A Desirée aquella experiencia le resultaba casi mágica. En solo veinte minutos, se había reído más que en los tres años que llevaba saliendo con Alex. Extrañamente, su compañero de mesa la describió al dedillo, algo que le hizo sentir extraña, por un lado, y considerarlo alguien sumamente carismático e inteligente, por otro. Realmente le parecía increíble cómo volaban las horas en aquel café. La luz fue cambiando a su alrededor hasta que oscureció y no se percataron ni de cuánto tráfico de personas hubo, mientras ellos seguían riéndose y conversando inmóviles en la misma mesa. Fue entonces cuando a Desirée le entró una llamada y el nombre de Alex inundó la pantalla del móvil. Ella contestó rápidamente, como si quisiera ocultarlo, respondiendo escueta que lo sentía, que había perdido la noción del tiempo y que ya iba para allá. Su misterioso acompañante, no le hizo ninguna pregunta y con un rostro algo entristecido, le dijo que había pasado un rato formidable y que le encantaría repetirlo algún día, por lo que Desirée le escribió su teléfono en el vaso de Starbucks, despidiéndose de él con cierta vergüenza.

De camino al apartamento donde la esperaba Alex, sentía un cosquilleo en el estómago, que no se debía precisamente a él. Llevaba tiempo teniendo serias dudas sobre aquella relación. Él era la mano derecha de su padre y era un hombre ambicioso como él. Muchas veces, se preguntaba si estaba con ella por sí misma o por el dinero. La relación se había vuelto cada vez más monótona e insulsa, y eso que solo llevaban tres años juntos. Sin embargo, ya parecían un matrimonio aburrido de diez, prácticamente no hacían el amor y era más por parte de él, ya que, a menudo, estaba estresado o cansado o tenía algo del trabajo más importante que resolver. "No sé yo a quién me recuerda..." —pensó Desirée con cierta ironía. Sinceramente, le resultaba un tanto fastidioso comprobar que había caído exactamente en el mismo patrón de su padre.

Entonces, le vino a la mente el rostro del chico de la cafetería, Leo, y volvió a sentir esa especie de cosquilleo en el estómago que, paradójicamente, nunca había sentido con Alex, su primer y único novio hasta la fecha. Imbuida en tales pensamientos, llegó al apartamento. Alex le abrió la puerta de malas maneras, rociándola con una lluvia de reproches, llamándola irresponsable, diciendo que había estado muy preocupado, que siempre se desaparecía y no le decía dónde estaba. Al ver sus bolsas, se calmó de repente, como encontrando por sí mismo, todas las explicaciones que ella no le daba. Desirée le respondió tajante que no se encontraba de humor para discutir, y con cara de pocos amigos corrió a darse un baño. Así, pasó largo rato deleitándose con aromas, sales de baño y espuma, hasta que tímidamente asomó la cabeza a través de la puerta y, al no ver a Alex por el pasillo, corrió a la habitación de invitados. Por supuesto, después de la escena anterior, no le quedaban ganas de dormir con él. Nada más abrir la puerta, sintió un gran alivio al verse sola en aquella habitación, así que se tiró de cabeza sobre el colchón. Se encontraba rendida, había sido un día lleno de emociones, por lo que daba vueltas en la cama, sin lograr pegar ojo, principalmente rememorando cada detalle de la conversación de *Starbucks*.

A la mañana siguiente, Alex había preparado un desayuno espectacular, incluso con fresas y champán. A su manera estudiada, la invitó a sentarse frente a él, luego le cogió la mano y se arrodilló..., "¡Dios no!, ¡no puede ser!" —pensó Desirée. Pero así fue exactamente. —¿Quieres casarte conmigo? —le preguntó, mientras acercaba una alianza de compromiso hacia su dedo. Espantada, quitó la mano bruscamente, como si fueran a cortarle el dedo, en lugar de a regalarle un diamante. Su reacción lo dijo todo. Alex entró en cólera, profundamente ofendido, le dijo de todo, desde niña pija y mimada, a toda clase de calificativos despechados. Desirée empezó a llorar de los nervios y la impotencia de verse en aquella situación inesperada. También supongo que lloraba el duelo de aquel amor irreal que nunca tuvo un comienzo y que, como toda mentira, estaba destinado al fracaso. Lo último que oyó fue un gran portazo, al que reaccionó con un sobresalto. Aquello marcaba el punto y final de aquella historia, lo cual le hizo sentir un gran alivio en el pecho que le permitió volver a respirar profundamente. Entonces, rodeada de un silencio repentino y calmo, se descubrió sola, contemplando un rayo de sol espontáneo que irrumpía de repente en su salón, acariciando el mármol, mientras pensaba en si Leo la llamaría, aún secándose las lágrimas de las mejillas.

Por suerte, sí lo hizo. De hecho, los meses que sucedieron a ese día fueron maravillosos, un verdadero sueño romántico. Respecto a la novela que se había comprado, *El Flechazo*, era incapaz de pasar de las primeras páginas. Pronto, caía en un estado de ensoñación, pensando en volver a ver a Leo o en cualquier cosa que él le hubiera dicho, o rememorando sus besos, sus caricias, en fin ¡todo en su vida se había vuelto una novela romántica! Era evidente que no necesitaba otra. Aunque había una cosa que no terminaba de entender, Leo guardaba un gran secretismo respecto a su trabajo. No quería decirle a qué se dedicaba, algo que a Desirée le parecía de lo más extraño. Insistía en que su amor era lo más importante y que no quería que pensara menos de él. En su imaginación, se trataría de algún trabajo humilde que en su mente lo ponía en desventaja respecto a ella. A Desirée esto no le importaba en absoluto, pero sí le decía que para ella era importante que hubiera sinceridad entre los dos. Aún así, al mes ya estaban viviendo juntos en su apartamento. Ni huella quedaba de Alex, casi parecía que nunca hubiese vivido ahí, era como si aquella etapa de su vida, apenas hubiese existido, más bien sentía haberla soñado. Tan fuerte era aquel amor que borraba todo lo anterior y rebasaba cualquier idea, cualquier estereotipo que Desirée hubiese jamás imaginado. Encima, esta vez, había logrado superar el prototipo paterno, porque para su suerte no tenían nada que ver. Tal era su dulzura, su sinceridad, su detallismo. Leo siempre tenía tiempo para ella, la amaba, eso era incuestionable.

Leo se sentía especialmente nervioso ese día. Estaba a una hora de cambiar su vida por completo. Se encontraba en *Starbucks*, la cafetería donde trabajaba habitualmente como hacker. Desirée no tenía ni idea, no se había atrevido a confesárselo, por miedo a perderla, realmente estaba enamorado de ella y era cierto que quería cambiar su vida. De hecho, por fin había conseguido un trabajo de programador en una gran empresa y se encontraba a punto de cerrar su último encargo y despedirse de aquel mundo para siempre. Desirée tampoco sabía, que no había adivinado todo sobre ella por su moca blanco, ni mucho menos, por poseer una intuición desarrollada, sino por su cliente Alex. Este estaba detrás de las contraseñas de una cuenta en Suiza del padre de Desirée, y lo había contratado hacía un par de meses, para que traqueara tales contraseñas y poder, bueno, dejar al hombre seco. Leo sabía que esto no estaba bien, pero en su trabajo se había acostumbrado a no preocuparse de lo que hacían sus clientes con la información que le compraban.

Alex había acordado pagarle veinticinco mil euros por el trabajo, así que lo había aceptado de buen grado, hasta que, indagando en el ordenador personal del empresario, había encontrado fotos e información sobre su hija, Desirée. Nada más verla sintió que era amor a primera vista. Él mismo había propiciado el encuentro en *Starbucks*, por supuesto, tras haberla rastreado y localizado. Aunque que compartían el gusto por aquella cafetería era verdad, así como su amor sincero hacia ella. Por eso, había conseguido el nuevo trabajo y había trazado un plan. Le entregaría a Alex unas contraseñas falsas y le diría que deja el oficio. Toda la información que tenía Alex sobre él, por supuesto, era falsa y el problema con meterse en este tipo de fraudes es que luego no tienes a quién reclamar. Cuando Alex usara las contraseñas, él ya habría desaparecido. El trabajo de programador lo había encontrado en Irlanda. Ya había hablado con Desirée que quería también iniciar una nueva vida en otro lugar para liberarse de la sombra de su padre y poder desarrollar su carrera como decoradora. Su padre no sabía nada, tampoco se lo había contado a su madre para que no la delatara por unos miles de euros. Todo estaba listo, Alex le entregaría el dinero, él le daría las claves falsas y esa misma tarde, él y Desirée cogerían un avión rumbo a su nueva vida.

Desirée llegó al apartamento, llamando a Leo. A esa hora siempre estaba en casa, sin embargo, todo estaba en silencio. Supuso que habría salido, así que, como siempre, lo primero que hizo fue quitarse los pendientes y poderlos en la mesita de la entrada. Sobre ella, vio dos billetes de avión para ese mismo día con una rosa roja encima, uno a nombre de Leo y otro al de ella. La ilusión la invadió de repente. Otra vez esas mariposas en el estómago. Ya habían acordado irse, pero no sabía que de forma tan repentina. Entonces, leyó la nota de Leo con todas las indicaciones. Preparó las maletas y ultimó todos los detalles para el viaje, ya solo le quedaba esperar. Abrió de nuevo su novela, y de nuevo se quedó en las primeras páginas. —¡ay! —suspiró. Y le vino de repente una intuición, una necesidad imperiosa de ir a la cafetería Starbucks. No sabía por qué, pero necesitaba ir allí, despedirse al menos de aquel lugar, ahora que iba a abandonar aquella vida para siempre. Cogió las maletas y los billetes, ya llamaría a Leo y quedaría con él directamente en el aeropuerto. A varios pasos, aún algo alejada de la cafetería, el estómago le dio un vuelco. Para su sorpresa, vio a Leo en una de las mesas de la terraza, hablando con Claudia y con Alex. Del disgusto, soltó la rosa que llevaba en la mano. No entendía nada, Leo le entregaba una llave fría a Alex y este, a cambio, un sobre blanco. De piedra, camuflada con las gafas de sol y una gran pamela, giró rápidamente la esquina y se ocultó al otro lado de la calle. Se apoyó en la pared para no caerse. Aquella imagen lo aclaraba todo. ¡Por eso Leo el día de la cafetería lo había sabido todo sobre ella! Aquellas personas iban detrás del dinero de su padre, ¡incluido Leo! Un dolor inmenso se apoderó de ella, impidiéndole pensar. De repente, se sentía una ilusa por creer que había encontrado el amor verdadero. Entonces, cogió el billete con el nombre de Leo y lo hizo pedazos, dejándolos caer al suelo, el viento se encargó del resto. Paró un taxi y una vez dentro, secándose las lágrimas, y escondiéndose tras las gafas de sol y la pamela una vez más, dijo: —Al aeropuerto, por favor.

Merulana

Me llamo Merulana y necesito contarles mi historia, dejar testimonio en este cuaderno de la verdad. El mundo tiene que saber lo que sucedió realmente aquel viernes cinco de mayo hace dos años. Considero mi nombre original y hermoso, así que no me gustaría que quedara manchado para siempre. De hecho, es el único suvenir que me queda de la historia de amor de mis padres, pues me llamaron así por la calle en la que se quedaron en Roma durante su luna de miel. En un pequeño apartamento, me concibieron, según ellos, fogosos y apasionados, hasta el punto de tirar un cuadro de la pared. Mi padre tomó esto como una clara señal de mis dotes artísticas, que, por supuesto, tenía gracias a él. Es cierto que poseo un talento innato y excepcional, aunque no se debe precisamente a mi padre. Realmente, no sé de dónde me viene. Mis padres eran personas de campo, humildes y sin estudios, sobreprotectores y sobretodo asociales. No querían que saliera de casa, salvo para ir al instituto y tampoco nos relacionábamos con nadie. De hecho, Roma fue su primer y último viaje. La experiencia no les resultó del todo agradable, por no entender el italiano y nunca más quisieron salir del pueblo. Ni aún cuando les rogaba que me llevaran a la Ciudad Eterna, pues uno de mis sueños era conocer aquella increíble ciudad, llena de arte.

Pese a que vivíamos en una especie de Edad Media, alejados de todo en aquella pequeña casa de campo, al menos, logré convencerlos para que me dejaran tener conexión a internet y poder estudiar pintura por mi propia cuenta. Mi padre me compraba todo el material que necesitaba en el pueblo y me había habilitado una habitación como taller de pintura. Pasaba horas encerrada en ese cuarto, pintando. Realmente era todo mi mundo. Pronto, descubrí mi estilo favorito, el surrealismo, ya que se trataba de una expresión artística sin límites y sin control de la razón. El propio lenguaje onírico y del subconsciente accesible a través de un lienzo. Si aquello no era magia qué lo sería. Es más, el surrealismo me parecía más real que el propio realismo. Las personas, al fin y al cabo, a menudo tergiversaban o deformaban la propia la realidad, proyectando sus películas y expectativas mentales sobre el lienzo de la vida. Yo, más práctica en este sentido, lo deformaba todo directamente. Porque qué es más real, la realidad en sí o lo que uno siente de esa realidad. Con todos estos pensamientos estaba siempre sola. Mi primer cuadro surrealista, se lo dediqué a mis padres. Los mostré desperdigados en trocitos, un brazo aquí y una pierna allá, un torso, por un lado, la cabeza por otro, esparcidos alrededor de un Coliseo como derretido bajo la luz de la luna, con un cielo apocalíptico de fondo, entre otros detalles y colores. Desafortunadamente, no les gustó nada, me dijeron que les parecía macabro y siniestro. Sin embargo, a mí me parecía una obra de arte.

A medida que iban pasando los años, un sentimiento de soledad y aislamiento me invadía cada vez más. Sentía el anhelo de socializarme con otra gente. Me sentía el bicho raro del pueblo, me invitaban a fiestas que no iba, incluso Luca, mi mejor amigo del instituto, no soportaba verme así enclaustrada por mis padres, decía que estaban enfermos, que esto no era vida. Por mi parte, amaba a mis padres y no soportaba las fuertes discusiones que se desencadenaban por este tema, siempre decían que cuando fuera mayor de edad, podría hacer lo que quisiera, pero que mientras, debía acatar sus normas. A todo esto, ya tenía diecisiete años, así que cada vez veía más cerca el horizonte de la libertad, del contacto con otras personas y de explorar el mundo. Sin embargo, no sé por qué razón, si producto de este aislamiento o de algo que escapaba totalmente a mi comprensión, mi pintura empezó a volverse cada vez más oscura. Tenía visiones que me poseían de repente. Entonces, entraba en una especie de trance y pintaba un cuadro, pero aquellas escenas eran espeluznantes, hasta a mí misma me horrorizaban, empecé a sentir miedo de mí misma. Algunas de esas visiones me atormentaban también por las noches. Cada vez estaba más blanca y ojerosa, mi vida transcurría cada vez más en el taller, ya que empecé a faltar a clase por no sentirme nada bien.

Una tarde, sucedió algo esclarecedor para mí, aunque no para el resto del mundo. Subí a cenar, después de haber pintado durante horas y mi padre estaba viendo las noticias. Un padre desquiciado había asesinado a su hija de cinco años de la peor manera que puedan imaginar. La noticia me dejó tiesa, bajé al taller y le eché un vistazo a mi último cuadro. Aquel dramático suceso había tenido lugar el día anterior pocas horas antes de yo pintar mi cuadro. ¡Mi cuadro era horrible! Mostraba a un hombre con un cuchillo ensangrentado en la mano, persiguiendo a una niña cuyas lágrimas inundaban una especie de jardín de rosas marchitas y grandes espinas. Todo, claro, al más puro estilo surrealista, aún así se me heló la sangre, me quedé bloqueada frente al cuadro, llorando de miedo y desesperación. Entonces, empecé a contrastar mis terroríficas visiones con las noticias locales, guiándome por las fechas en que había pintado los cuadros.

Aquellos trances involuntarios, aquellas visiones, tenían conexión con sucesos reales. Totalmente histérica y fuera de mí, acudí a mis padres, les conté lo que había descubierto, lo que me estaba pasando y bajaron al taller a chequear mis cuadros, algo que no habían vuelto a hacer, tras la experiencia de mi primer cuadro-regalo para ellos. En qué estaría pensando, mis padres no eran intelectuales, tampoco entendían mis cuadros. De frente a mi arte, su cara de horror se triplicó a aquella del primer cuadro, agravada por una inmensa preocupación. No me creyeron. Horrorizados por mis cuadros, me pidieron cita con un psiquiatra, al que tuve que visitar desde aquel día cada semana. También a él le conté lo que me pasaba, le pedí que, por favor, comprobara los sucesos con mis cuadros, que no estaba mintiendo. Sin embargo, me prescribió unos psicofármacos muy fuertes que me dejaban atontada, si bien es cierto que mis visiones desaparecieron totalmente, claro que, con ellas, también mis ganas de pintar.

Desde ese momento, fui incapaz de volver al taller. Mis padres metieron lo que ellos denominaban como los cuadros del demonio en cajas olvidadas. Mi vida se veía aún más limitada que antes. Por correo, me escribía con mi mejor y, en realidad, único amigo Luca. Le conté todo lo que me estaba pasando, no tenía a nadie más y era el único que me creía. Me aconsejó que dejara de tomarme las pastillas, que hiciera creer a mis padres que me las tragaba, pero que no lo hiciera. Pronto cumpliría los dieciocho años y él me sacaría de aquel infierno. Así hice y durante un tiempo, me volví a sentir yo misma, feliz, regresé a mi taller, al arte, al surrealismo. Para mi sorpresa, las visiones terroríficas no regresaban y mi estilo de pintura se había vuelto más alegre. Llegué hasta pintar cuadros primaverales, aunque siempre dentro de mi tan amado estilo surrealista, como lo era mi vida. Por fin, estaba a apenas un mes de mi cumpleaños. Los correos con Luca se volvían cada vez más tiernos, a veces, con pinceladas románticas, empecé a pintarlo también a él, gracias a las fotos que me enviaba. Empezamos a planear nuestra fuga, nuestra vida juntos, ya sabíamos hasta cuántos hijos queríamos tener.

Sin embargo, una noche todo se oscureció de nuevo. Estaba en la cama leyendo tranquilamente, cuando una visión horripilante se apoderó de mí, entré en trance y bajé al taller, cuando entraba en este estado, no era consciente de nada, hasta que, de repente, volvía a la normalidad, con el pincel suspendido en la mano, frente al cuadro. Esta vez, lo que vi, me dejó en estado de shock, había pintado a mis padres muertos, ensangrentados en el salón de mi casa. La escena era horrible, me resultaba insoportable ver aquello. Con la certeza de que mis visiones eran reales, empecé a llorar desconsoladamente, luego entré en una crisis nerviosa, llorando más amargamente, incluso alzando la voz y pegando gritos desgarradores.

Mis padres bajaron al taller preocupados y me llevaron corriendo al hospital. Allí me sedaron, diciéndoles que había sufrido una crisis nerviosa severa y que tendría que pasar allí la noche. La mañana siguiente, me desperté totalmente atontada, sin poder soportar más aquella vida de visiones, encierro y tormento emocional. Nada más salir del hospital, vi a Luca, fue como ver a un ángel, corrí y me abracé fuertemente a él. Me subí a su coche. Me dijo que quería sacarme de aquel pueblo infernal, que podíamos iniciar una nueva vida juntos en otro lugar. Le dije que sí y empezamos a alejarnos del pueblo más y más, hasta que, de repente, me invadió un clímax muy sombrío, empecé a llorar y a pedirle que me llevara de nuevo a casa de mis padres, que tenía un mal presentimiento, que algo horrible había sucedido.

Cuando aparcamos delante de la puerta, todo aparentaba normal y tranquilo. Aún así, mis terribles visiones me asediaban cada vez con más intensidad, a medida que me acercaba a la puerta, se volvían más espeluznantes, vívidas y crueles que nunca, ya que en ellas el agresor, cuya cara no podía distinguir, se ensañaba cada vez con más rabia contra mis padres. Al abrir la puerta, caí de rodillas, llorando de angustia. Aquella visión era desgarradora, era exactamente como mi cuadro, mis padres yacían muertos y ensangrentados sobre el suelo. Aquello era indescriptible, el dolor que sentí era como si cada una de aquellas puñaladas me estuvieran atravesando el alma.

—Merulana, vamos, te toca ver al doctor.

Esposada y en silencio, atravesé el pasillo estrecho que conducía de mi celda a la sala en la que me esperaba el psiquiatra. Las otras presas me insultaban y escupían al pasar. Yo ni me inmutaba. Me senté en la silla frente al psiquiatra, lo miré fijamente clavándole la mirada, como el gran enemigo mío que era, mil veces le había jurado mi inocencia, mil veces no me había creído.

—Merulana, ¿has estado escribiendo el diario como te indiqué?

—Sí, doctor.

—¿Y cuáles han sido tus reflexiones?

—Que yo no maté a mis padres. Doctor, ¿qué hay de mi petición de poder ver a Luca?

—Merulana, lo hablamos en cada sesión, no existe ningún Luca.

La Playa

Lionel salió del agua liberado. El frescor del mar lo había restaurado. Mientras las gotitas de agua salada resbalaban por su cuerpo, pensaba en la genial iniciativa que había tenido, refugiándose en aquella isla casi desértica durante unos días. Vivía entregado en cuerpo y alma a su trabajo, por lo que tenía la impresión de ver pasar su vida precipitada ante sus ojos, sin apenas darse cuenta, así que se tumbó tranquilamente sobre la toalla, decidido a regalarse un merecido descanso. Adormecido por el sonido del mar y por el intenso calor del sol, se dejó arrastrar por aquella relajación que se volvía cada vez más y más intensa, y que lo sumió en un profundo silencio, hasta que, de repente, una angustiosa sensación de vértigo le estrujó el estómago.

Sin entender cómo ni por qué, estaba cayendo al vacío de una especie de abismo interior. Algo que cesó bruscamente gracias a una segunda caída rápida que lo sentó de golpe en la toalla. —¡Uf! ¡Ha sido una caída del sueño bastante curiosa! —pensó. Pero en tan solo una milésima de segundo, se quedó perplejo mirando unos brazos que..., ¡no eran suyos! Invadido por el pánico, pegó un grito y se llevó las manos a la cabeza. ¿Desde cuando tenía él el pelo largo, liso y castaño? Algo que comprobó llevándose un mechón a los ojos. El susto lo puso de pie de un salto. Desde esta perspectiva, empezó a chequearse. ¡No, no podía ser! Aquel no era su abdomen, ni aquellas eran sus piernas, se contorneó como pudo para mirarse por detrás. Definitivamente, aquel cuerpo atlético y bronceado no era el suyo. Entonces, se llevó las manos al rostro, incrédulo, sin poder creerse lo que le estaba sucediendo. Palpó una barba más cargada, de vello más grueso. Su mentón varonil y cuadrado, había tomado una forma casi triangular.

Encima, un torrente de sensaciones extrañas lo invadieron, empezó a tener otros pensamientos, estaba viendo el mundo a través de otros ojos. Toda aquella experiencia le resultaba desconcertante. Nervioso y sin saber qué hacer, se sentó en modo meditativo e inició unos ejercicios de respiración para tranquilizarse y poder entender lo que le estaba pasando. Respiró profundamente durante diez minutos, abrió los ojos, pero seguía encerrado en aquel extraño cuerpo. Fue precisamente entonces cuando decidió explorarlo e indagar más sobre él. "¿De quién se trataba?, ¿quién era? ¿Cuál era la conexión entre ellos? Si es que existía alguna.

Rebuscando entre sus recuerdos, lo primero que descubrió fue que se llamaba Joel y que contaba tan solo veintiocho años. Tenía alma de artista, pero vivía atrapado en un trabajo mediocre que lo asfixiaba y del que no lograba salir. Rastreando su memoria lo supo todo sobre él, su infancia, sus sueños, sus más profundos anhelos. Navegó por su tristeza, por su esperanza, por el controvertido mar de su vida, hasta que por fin dio con la fuerza de Joel: una preciosa historia de amor que como un pilar sagrado sostenía su frágil ilusión. Con él, revivió la primera cita, el primer beso, las primeras caricias. Montado en este carrusel de imágenes, experimentó los nueve años de relación de Joel. En las imágenes, trataba de percibir mejor el rostro de la chica, pero se mostraba borroso.

Fue entonces, cuando dio un salto brusco al futuro, había entrado en la imaginación de Joel. Se estremeció al encontrarse a sí mismo, Lionel, acompañado por una chica misteriosa que casualmente había encontrado en las redes y que llevaba tiempo siguiendo, movido por una gran curiosidad. En las imágenes, estaban en una cita, una más que se sumaba a su innumerable lista de conquistas. Por supuesto, ninguna chica se resistía jamás a sus encantos. Se veía un triunfador, un galante, un seductor. Sin embargo, y para su sorpresa, Joel no reaccionó nada bien a estas imágenes. Un dolor desgarrador invadió todo su cuerpo, junto con aquella sensación de inmensa vulnerabilidad, de traición, y de desengaño. Era como si toda la fuerza y toda la ilusión por la vida hubiesen abandonado aquel cuerpo de repente, dejándolo como un trapo. Es más, aquella sensación asfixiante y agonizante, lo estaba ahogando.

Lionel estaba desesperado por salir de aquel cuerpo en el que ya no se podía estar. Encima, el cuerpo empezó a convulsionarse de forma mucho más agresiva sobre la arena, como si sufriera un ataque epiléptico, había perdido todo control sobre él y daba la sensación de que Joel estaba luchando contra él, así que intuitivamente gritó: —¡Está bien, está bien! ¡me olvidaré de la chica! Y automáticamente salió despedido hacia fuera, fue como si lo empujaran fuertemente por la espalda y se fuera a caer de boca. Otra vez lo invadió aquella sensación de vértigo y de caída, aunque esta vez veía la playa y se precipitaba hacia abajo desde una considerable altura. Por suerte, nunca llegó a estamparse contra la arena, porque aterrizó de nuevo en lo que sentía como su cuerpo, el familiar, el de siempre. Caer dentro de su cuerpo había sido como una especie de vértigo triplicado, pero sumamente rápido para poder ser percibido claramente. Casi llegó a provocarse por un instante, pero en seguida, esa sensación desapareció.

Totalmente extenuado por todas aquellas experiencias nuevas y sumamente extrañas, despegó lentamente las pupilas, y casi sin fuerzas se apresuró a levantar el cuello. Aliviado, comprobó que era de nuevo él: su cabello rubio rizado, su piel blanca..., corriendo se llevó las manos a la cara, volvió a reconocerse en sus rasgos. Soltando un fuerte suspiro, dejó reposar la cabeza de nuevo sobre la toalla y sus pupilas azules se clavaron en el cielo. Unas gaviotas volaron sobre él y el disco solar brillaba más fuerte y más intenso que hacía unas horas, por lo que debía ser ya el medio día. Aquel sol era su aliado, un espejo de sí mismo, de su éxito y creatividad, de su propio esplendor. Ahora consciente de su propia fortuna, se sintió inmensamente agradecido a la vida por aquella experiencia mística que había tenido en la playa. En medio de aquella tranquilidad aparente, se había desencadenado un mundo en su interior. Aliviado de ser de nuevo él mismo, percibió que algo en él había cambiado. Una parte de Joel se había quedado en él.

Al incorporarse de nuevo, se sentía aún algo mareado, pero reconfortado por la visión relajante del océano frente a él, el sonido de las olas había regresado sutil y armonioso. Con la palma de la mano izquierda empezó a acariciar la suave arena, dejándose llevar por aquel estado contemplativo, que lo conectaba con el presente, hasta que se topó de repente con un trozo de coral rojo." ¿Cómo habría llegado hasta allí?"   —se preguntó. Lo cogió delicadamente entre sus manos, contemplándolo embelesado, quería llevárselo con él, pero solo había traído bañador y toalla, así que lo devolvió a la arena. Al fin y al cabo, ya era un coral algo viejo y pronto perdería todo su color. Al levantar de nuevo la mirada, reconoció una silueta de mujer a lo lejos. Seducido por aquel canto mudo de sirena, por aquella visión real y misteriosa que lo atraía, cogió su toalla y empezó a caminar hacia ella, con aquel sentimiento de ilusión que le había transmitido Joel, enamorado ya de la primera cita, del primer beso, de las primeras caricias y de aquella promesa del destino, de aquel amor inexplorado y nuevo, totalmente suyo. Un amor verdadero sin víctimas, ni corazones rotos. Una verdadera historia que escribir en el libro de su vida, a pinceladas de coral rojo.

Almas gemelas

Georgina se había refugiado en aquel inmenso parque para desconectarse del barullo y constante ruido de la ciudad. Se había sentado justo al lado de una fuente, rodeada de flores, fundiéndose con el sonido del agua, el cantar de los pájaros y el ruido del viento al agitar las ramas de los árboles. Todo despertaba en ella esa unión que sentía con la naturaleza. En este éxtasis natural, saboreaba las últimas páginas de su libro: *Lazos de amor de Brian Weiss,* mientras las lágrimas recorrían a chorros sus mejillas.

Aquel libro la había conmovido, la había hecho partícipe de la más increíble historia de amor, narrada, quién lo diría, por un psiquiatra de lo más original y profundo, capaz de navegar por las místicas aguas de las almas y del amor. Pedro y Elisabeth dos seres perdidos, sin la menor afinidad, se encuentran a través de él, en su consulta. De este modo, gracias a las muchas sesiones de hipnosis, tuvieron acceso a la memoria de vidas pasadas, descubriendo así los lazos que los unían.

Al terminar el libro, Georgina lo cerró y se lo llevó al pecho, pues le había calado hasta lo más hondo. Ese libro era una señal, así como la solución a su problema. Pese a que, más que nada en el mundo, deseaba encontrar el amor, su extrema timidez, unida a un miedo irracional y paralizante, le impedían conocer a alguien, ya que, desde que la relación daba un paso más serio o íntimo, se distanciaba apresuradamente y para siempre de la persona en cuestión, llegando a hacer alarde de un rechazo falso, cruel y desmedido, totalmente opuesto a sus verdaderos sentimientos.

Acababa de cumplir treinta y cuatro años, los años pasaban veloces y seguía estancada, sola, por eso sentía que ya era hora de iniciar una verdadera relación. De hecho, recientemente se había inscrito en un nuevo gimnasio y le había sucedido algo de lo más extraño. En una de las clases dirigidas, su mirada se cruzó con la de un chico que la atrajo de súbito, más que nadie hasta ese momento de su vida. Mientras sus miradas eclipsadas coincidían, sentía una familiaridad, un magnetismo y una simpatía fuera de lo común. Muchas veces, coincidían en las escaleras y ambos se quedaban parados mirándose, sin llegar a intercambiar palabra. Algo dentro de ella, le decía que entre ellos existía una conexión de otras vidas. Lazos invisibles parecían unirlos sutilmente y esta vez no pensaba estropearlo. ¡Ya era hora de tomar acción!

Así que finalmente se decidió a hacer una regresión. Mediante las lecturas de *Brian Weiss,* había comprobado cómo muchas personas superaban problemas, miedos, incluso traumas que arrastraban del pasado o de otras vidas, así que determinada a resolver el suyo, concertó una cita con una hipnoterapeuta que le dio muy buenas vibraciones, sobretodo por sus reseñas. Además, en su caso, estaba especializada en la regresión a vidas pasadas, algo que muchos terapeutas regresivos ya no practicaban. Feliz por su iniciativa, corrió a entrenar. Esta vez el chico dio un paso valiente al acercarse a ella. Tras una conversación desenfadada, le propuso quedar ese mismo viernes para correr. Ella lo detestaba, pero, por supuesto, accedió.

El viernes, lo esperó a la entrada del parque, calentando y mentalizándose para la tortura. Él fue puntual y muy agradable, principalmente cuando después de diez minutos la vio completamente asfixiada y le propuso tomar un zumo en la cafetería más cercana. Allí descubrieron todo lo que tenían en común o no, lo cierto es que sus miradas parecían adentrarse en una profundidad que no había experimentado antes, era una especie de hipnotismo mutuo. Tras esta maravillosa mañana juntos, él la acompañó a su casa y se despidió dándole un beso en los labios. A Georgina le extrañó no sentir miedo, muy al contrario, se había quedado suspendida en aquel beso, convencida de que Teo era su gran amor. Fue entonces, cuando miró el reloj y se acordó de su cita, corrió a la consulta, no le daba tiempo de cambiarse. Por suerte, el gabinete se encontraba solo a un par de calles de la suya, en el número 8, su número de la suerte. Nada más llegar, corrió escaleras arriba, totalmente ignorante del destino al que se abocaba.

La regresión no fue tan bien como esperaba. La hipnoterapeuta la fue llevando cada vez más atrás en el tiempo, explorando su infancia, pero no encontraba nada, por lo que decidió explorar vidas pasadas. Las sesiones resultaban extenuantes y aún no daban con la causa de su miedo a las relaciones. Paradójicamente, su relación con Teo iba a las mil maravillas, como sacada de un cuento y hasta la fecha aún no había intentado romper con él. Por supuesto, él no estaba al tanto de sus sesiones hipnóticas, no quería espantarlo, ni que pensara nada raro de ella. Así transcurrían las semanas, hasta que el día menos pensado, dieron con la vida en cuestión. Fue una sesión muy dura, pues en aquella vida era Marie.

Poco a poco, dirigida por las preguntas de la hipnoterapeuta, fue revelándose ante sus ojos aquella vida desdichada, en la que Marie había sido abandonada por el amor de su vida. Él le había ocultado que estaba casado para conquistarla, dejándola luego embarazada y rechazándola, tanto a ella, como a su bebé. En aquella época, esto era lo peor que podía pasarle a una mujer. Marie tuvo que hacer duros trabajos para sacar adelante a su hija, sufriendo los desprecios de una sociedad retrógrada. Nunca más se volvió a casar y aún muy joven, enfermó de tuberculosis, muriendo en la angustia de dejar a su hija huérfana.

Para Georgina rememorar aquella vida, resultó traumático. La terapeuta insistía en seguir trabajando con aquel mapa vital para liberarla en el presente de toda esa angustia y miedo a ser traicionada nuevamente. Curiosamente para ella, vivía una relación de ensueño, mientras sufría en aquellas sesiones, en las que cada vez se sentía más cerca de Marie, hasta que la frontera entre ambas se perdió y Georgina acabó sintiéndose totalmente identificada con ella. Lo peor sucedió en la sesión en la que desenmascararon al culpable. Georgina empezó a llorar angustiada, presa de un dolor agudo, al descubrir que se trataba de Teo. El hombre del que estaba enamorada y embarazada ¡¿Cómo era posible?! Su gran amor, su alma gemela le había hecho todo aquel daño a Marie, ¡a ella! Al salir de la consulta, el dolor y la tristeza se fueron transformando en ira. Súbitamente, era presa de una mezcla de amor-odio.

Esa misma noche, había quedado para cenar con Teo, así que se puso lo más guapa posible, pues iba a darle la gran noticia. Sin embargo, sus sentimientos habían cambiado, ya no eran alegres. Durante la cena, lo escuchaba hablar y sentía una profunda rabia, la vida se le antojaba tremendamente injusta, al verlo tan exitoso, tan seguro de sí mismo, tan afortunado. Teo no parecía estar pagando en esta vida por lo que le había hecho...

Movida por este sentimiento destructivo, le dio la noticia: —Estoy embarazada... Teo se quedó de piedra por unos segundos, hasta que su rostro se iluminó de alegría, fue hasta ella, la abrazó y la besó en el vientre. Georgina estaba totalmente desconcertada. "¡Qué curioso! Ahora sí quería un hijo suyo." Las memorias de su vida como Marie, le infectaban la mente, eran tan reales, todo aquel sufrimiento le desgarraba el alma. Entonces, empujó a Teo lejos de ella: —¡no me toques, ni vuelvas a acercarte a mí! ¡te odio! ¡eres despreciable! ¡la mera idea de tener un hijo tuyo me da náuseas! Teo se quedó helado y espontáneamente rompió a llorar desconsolado. —¡¿Qué te pasa Georgina?! ¡No te entiendo! Yo te amo y también a nuestro futuro bebé. Tú misma me has dicho que soy tu gran amor, tu alma gemela, ¡¿qué es lo que ha cambiado?! —le dijo en un tono agudo, suplicante.

A Georgina le parecía increíble cuán destrozado se le veía. Nunca había visto a ningún hombre llorar así, aún así respondió: —No pienso tener este hijo. Aquel escenario de cena romántica a la luz de las velas, no cuadraba en absoluto con aquel diálogo desgarrador. Lentamente, Georgina caminó hacia la puerta.

Teo seguía llorando desconsolado y de rodillas sobre el suelo, incapaz de entender lo que estaba pasando.

Solo sentía la crueldad y frialdad de aquella mujer que hasta hacía cinco minutos había amado, clavársele como un puñal frío en el pecho. Con ojos inundados en lágrimas e intoxicado de incredulidad, con la boca abierta, miró por última vez a Georgina, que se giró al abrir la puerta. Estaba espectacular en su traje ceñido azul eléctrico, en su escote destacaba la amatista que le había regalado, su piedra favorita. En su vientre, su hijo que nunca nacería, se le desgarró el corazón todavía más.

Ella, desde la puerta lo contempló por última vez, había saboreado la venganza y ahora se sentía peor que nunca. Miró fijamente a su alma gemela a modo de despedida y vio como el odio empezaba a apoderarse de su mirada dolida. "Quién sabe cuándo se resolvería toda aquella tragedia" —pensó. "Tal vez en otra vida", —se dijo, mientras terminaba de cerrar la puerta.

La venganza

¿Cuál era la calle de la cafetería? ¡Ah sí! ¡Ya me acuerdo! Tengo tiempo de sobra, hemos quedado dentro de una hora. La chica parecía buena gente y en el curso de italiano nos compenetramos a las mil maravillas. Aunque, a decir verdad, no la conozco realmente, no sé qué tipo de persona es, ni si seguirá siendo tan simpática una vez entablemos más amistad. Al fin y al cabo, ya me ha pasado varias veces. Ya me lo decía mi abuela: *la confianza da asco y las apariencias engañan.* De eso no cabía ninguna duda, después de cuarenta años, le daba totalmente la razón. ¿Estaré, entonces, haciendo lo correcto? Le dije que sí demasiado rápido.

Mi espíritu sociable y mi impulsividad al final siempre me la juegan. Tal vez debería cursar baja, sobre todo teniendo en cuenta los últimos acontecimientos. ¡Dios! ¡Qué rabia me da! Todavía la veo pintándose los labios frente al espejo con ese aire de superioridad y autocomplacencia y pensar que, a priori, llegó a parecerme encantadora... Por eso disfruto viendo estallarse aquel espejo en mil pedazos desfigurando su imagen sobreactuada y mostrándola como realmente es, un pequeño alienígena verde, con pelo rubio y labios rojos carmesí, principalmente alienado de los sentimientos y de la empatía de un ser humano. Y pensar que durante mucho tiempo pensé que si algún día tenía una niña la llamaría Zoe. ¡Ahora ni soñarlo! En fin, necesito relajarme, así que voy a imaginarme al pequeño marciano verde derritiéndose y descomponiéndose sobre el suelo. —Esto la hizo sonreír por la calle sin motivo aparente, como una loca—.

Últimamente estoy fuera de mí, me pregunto cuándo volveré a ser la Mía risueña, tranquila y racional que he conocido siempre. Me parece que mis pensamientos se están volviendo demasiado turbios. En fin ¿Quedar o no quedar? ¡Esa es la cuestión! Mis pasos se vuelven cada vez más dubitativos y siento como una fuerza que me detiene, que me tira hacia atrás. Una parte de mí no quiere ir, la otra cree que dar plantón a última hora no es lo correcto, debí haber pensado esto antes, pero no logro conciliar estas dos tendencias o, al menos, decantarme por una de ellas.

A ver, acepté impulsivamente por quedar bien. De todos modos, aún tengo la posibilidad de escribirle un WhatsApp, disculpándome y dándole una muy buena excusa para cancelar el encuentro. ¡Sí! ¡Eso es lo que haré! —Mía sacó el móvil para escribir el mensaje cuando...— ¡Qué va! ¡No me lo puedo creer! ¡Tengo un WhatsApp de Zoe! ¡Menuda traidora! ¡¿Cómo se atreve a escribirme después de lo que me hizo?! ¡Me está hirviendo la sangre! A ver qué quiere... Dice que está en el café de siempre, que me pase para hablar... ¿¡Hablar de qué!? ¿¡De por qué intentó tirarse a mi novio?! o ¿¡tal vez de por qué infectó mi círculo de amigas, hablándoles mal de mí?! ¡Qué fuerte! Y pensar que llegué a creer que tenía una amistad con semejante bicho. Menos mal que mi novio es legal y me lo contó todo, sobre todo cuán patético había sido su intento de seducirlo. Y las buenas amigas han quedado. ¡Dios! Pero tan solo ver el mensaje, ¡me pone enferma! Siento un fuego y una rabia subirme por el estómago, como una sed de venganza incontrolable que me frustra.

Por una vez en mi vida, me gustaría devolvérsela a alguien. Nunca he sido buena en estos juegos, siempre tan correcta, tan auténtica, siempre actuando de frente. ¡¿Acaso gente así no se merece que las pongan en su sitio de una vez y para siempre?! ¡Tal vez así se lo piense dos veces la próxima vez! ¡Exacto! ¡Pienso acudir a su encuentro y hacérselo pagar caro! ¡Voy a demostrarle que conmigo no se juega!

Es más, el café no se encuentra lejos de aquí, un pequeño desvío será suficiente y aligerar el paso, no sea que se me escape. Voy a ir pensando mi jugada, mi venganza durante el camino. ¡Dios Mía qué tonta eres!, ¡no se te ocurre nada! Y ya estamos a escasos metros, unos cuantos pasos más antes de girar la esquina y estaremos frente al café. Mi ira iba incrementando, mientras me acercaba al lugar en cuestión, era como si tuviera un radar anti-Zoe que pitaba cada vez más fuerte. Totalmente cegada por mi sed de venganza, atormentada por mis pensamientos oscuros, me detuve frente a la cafetería.

Ahí estaba la susodicha, tan mona ella, relajada leyendo el periódico y tomando su café. Parecía tan inofensiva, todo un angelito. En fin, mis pasos empezaron a acelerarse, cada vez más fuertes, resonaban en la calle como un eco mudo. Miraba a mi alrededor por si alguien observaba mis oscuras intenciones, por si había alguna señal delatadora en mi rostro, pero pasaba inadvertida como una sombra. El corazón me latía cada vez más rápido, y aunque sabía que aquello no estaba bien, no era capaz de parar, había iniciado una marcha marcial sin retorno en la que me alejaba de mí misma, movida por un instinto casi asesino. Al fin había llegado hasta ella, me paré delante en silencio, ella me sonrió con su hipocresía, ahora algo temerosa. No me contuve, salté sobre ella como un animal salvaje. Le arranqué el lazo del pelo y el falso collar de perlas del chino. Estas rodaron por el suelo gris enmudecido, como un espectador inerte de aquella violencia que me volvía cada vez más sanguinaria. Ella gritaba, pedía socorro. Yo me ensañaba cada vez más, le tiraba de los pelos, le daba cachetadas, hasta que empecé a golpearle la cabeza contra el suelo, una y otra vez, una y otra vez, poseída por aquella rabia insaciable, por aquella violencia instintiva que me había convertido en un monstruo. Justo en ese momento, alguien me detuvo. Un hombre me agarró por la espalda, tirándome hacia atrás. Pero ya era demasiado tarde, había acabado con ella, ya era historia...

—¡¿Señorita, señorita?! ¿Se encuentra bien? ¡¿Pero qué le pasa?! ¡¿Está loca?! ¡Casi la coge el coche! —me reprendió de repente un señor, que me acababa de salvar literalmente la vida.

—¡Sí, sí! ¡Estoy bien, gracias! —respondí mecánicamente.

Entonces, me di cuenta de que me había quedado parada delante del paso de peatones, frente a la cafetería, totalmente ida. Zoe seguía tranquila leyendo el periódico y disfrutando de su café. Sentí un gran alivio de que todo estuviera bien. Cambié corriendo de dirección para que no me viera, girando rápidamente la calle, totalmente avergonzada y espantada por aquella imaginación atroz. Al poco, me detuve y borré la conversación de WhatsApp de Zoe y la eliminé de mis contactos. Era mejor dejar las cosas así.

Seguí caminando y respirando profundamente, de camino a la otra cafetería. Una vez me encontraba a escasos pasos, observé a la compañera de italiano. Estaba mirando el móvil, quizá esperando algún mensaje que explicara mi retraso, o quizá simplemente pasando el rato hasta que yo llegara. Por mi parte, seguí caminando de largo por la acera de en frente hacia la parada de la guagua. Obviamente, no estaba preparada aún para otra seudoamistad, ni para el paripé, ni para la superficialidad, ni para un largo etc., de lo que quiera que fuera a ser aquello. Y viendo lo que me había sucedido minutos antes, tampoco estaba de buen talante, ¿habría perdido yo también mi capacidad de ser amiga? ¿Me había transformado con aquellas circunstancias? ¿o sería algo transitorio? Lo cierto es que no tenía fuerzas para nadar en el mar de la incertidumbre, ni de las apariencias. No estaba de humor para más sorpresas, y no sabía si por un tiempo o si para siempre. Y así, desaparecí por la calle, sin un aviso, ni un mensaje, la Mía correcta había muerto. Ya me lo decía siempre mi abuela: *No se les da perlas a los cerdos.*

Miguel, el viejo pescador

Había una vez un pequeño pueblo pesquero, donde vivía un anciano pescador, llamado Miguel. Todos en el pueblo sabían bien quién era e incluso conocían la historia de su vida, por eso lo compadecían. Llevaba años sin hablar con nadie, aunque, algunas veces, hablaba solo mirando al mar. Nadie sabía bien lo que decía, ya que murmuraba y hablaba muy bajito, como para dentro. Los que no lo conocían de nada, se reían de él y lo trataban de loco. Incluso su propia hija llevaba años sin verlo. A menudo, alguna pandilla de niños traviesos se colocaba a su alrededor, mofándose y tirándole piedrecillas a la espalda, porque lo veían horas inmóvil como una estatua de cara al mar. Pronto, sus padres les contaban su terrible historia y ya no lo molestaban más. Al contrario, se quedaban asombrados mirándolo, esperando algún tipo de reacción o le hacían preguntas que él jamás contestaba.

Miguel no perdía de vista el mar, ni por un instante. Sus pupilas se clavaban en las olas, sus pensamientos se perdían en el horizonte. A sus setenta y tres años con la única que interactuaba era con su mujer, Anita, que ya estaba muy mayor y cansada de aquel estado de tristeza perpetua en el que vivían desde hacía más de treinta años. Miguel siempre volvía a casa a las dos para comer. Sin embargo, ese día cuando regresó, encontró a su mujer muy enferma. El médico del pueblo fue hasta su casa para atenderla, aunque no había nada que hacer. Su mujer se moría, por lo que Miguel, dejó de ir al puerto y pasaba día y noche junto a ella, sentía que no tenía fuerzas para nada y se ahogaba en lágrimas. Las palabras seguían atragantadas en su pecho y los días le pesaban. Apesadumbrado, cogiendo fuertemente la mano de su mujer, no pudo más y le dijo:

—No me abandones, mujer, no me abandones tú también... No puedo vivir sin ti...

Su mujer lo miró débil, aunque con inmensa ternura y acariciando su rostro con las pocas fuerzas que le quedaban, le dijo:

—Mi hora ha llegado Migué, me voy con nuestro hijo..., pero tú todavía tienes que aguantar un tiempo más, recuerda que aún tienes una hija, prométemelo, para que pueda irme tranquila.

Miguel asentía con la cabeza, a la vez que lloraba desconsolado, casi como un niño y, entre sollozos, se ahogaron de nuevo sus palabras, mientras sentía el frío de la muerte apoderarse de la habitación, como una sombra despiadada que se cierne sobre aquello que más amas y se lo lleva sin más, para siempre. Su mujer se había ido, ya no estaba allí, se lo decían su mano lacia, aquella mueca sórdida en su rostro ladeado y aquel cuerpo desinflado. Sin poder soportar esta visión por más tiempo, Miguel corrió al puerto a ver los barcos, luego se sentó en un banco de la avenida, a contemplar el mar. Ahora ya no tenía una razón para volver a casa, así que se quedaría allí para siempre, esperando...

La mañana siguiente, Miguel se despertó con los rayos del sol clavándosele en los ojos como agujas. Tenía el cuerpo anquilosado y molido de dormir sobre la piedra dura del banco y tardó bastante tiempo en poder enderezarse. Asimismo, la humedad de la noche le había calado hasta los huesos. Entonces, como salido de la nada, un niño pequeño que lo miraba fijamente, apareció de pie junto a él. No sabía cuánto tiempo llevaba ahí, mirándolo, pero aquel niño le pareció de súbito diferente a los otros. Su sonrisa era más cálida, su mirada, no sabría si más tierna o más inteligente. Aunque lo más curioso fue que, nada más verlo sentado, se dirigió a él por su nombre:

—Buenas Miguel, soy Pablo. Me han dicho que es Usted el pescador más experimentado del pueblo y, verá, me gustaría saberlo todo sobre este oficio.

Miguel carraspeó la garganta, hacía años que no había hablado con nadie, salvo con Anita y con el mar, por lo que las palabras se le atoraban dentro y simplemente no le salían. Sin embargo, había algo distinto en aquel niño, algún tipo de magnetismo que lo hacía especial. Su mera presencia le insuflaba fuerzas, pues, después de años dormida, sintió el cosquilleo de la ilusión subirle por el estómago, dándole ganas de hablar. De repente, sentía que tenía un legado que transmitir, así que dejó surgir las palabras, que ahora parecían fluir solas.

—¿Entonces te interesa el mar, Pablo? Mi consejo es que lo olvides. La mar es peligrosa, salvaje, desagradecida. Bien puedes entregarle toda tu vida y ella te lo quita todo en un instante.

—¿Cómo hizo con Quique?

Cuando el niño soltó estás palabras, Miguel se enderezó del golpe. Sintió como si le clavaran un puñado de alfileres en el corazón, a la vez que un torrente de imágenes lo asaltaron de nuevo. No había día que no lo torturaran una y otra vez. No había noche de paz, ni de sueños dulces. Sin poder reprimirse, empezó a llorar silencioso, pues solo unas lágrimas tímidas recorrieron sus cachetes enrojecidos y flácidos por la edad.

—Sí, como a Quique. La mar se lo llevó con tan solo siete años. Él era exactamente tan pequeño como tú y también se le formaba ese hoyito que tienes en la barbilla y, también al igual que tú, adoraba el mar. Es más, aquella nefasta mañana me pidió que lo llevara a pescar conmigo, se sentía un hombrecito, pero yo no se lo permití, era peligroso, y además, debía ir a la escuela. La mar estaba picada, traicionera... En fin, después de desayunar, se despidió de su madre como cada día, supuestamente para ir a la escuela... Perdona..., Pablo...

Miguel empezó a llorar más fuerte, mientras una presión en el pecho empezaba a estrangularle la voz. Así que se concentró en respirar, a la vez, que sacó un pañuelo, se sonó y con la manga de la camisa se secó aquellos intermitentes hilos de agua que había acumulado a lo largo de los años. El niño lo miraba callado y atento, con una tranquilidad admirable en alguien tan pequeño, pues no tendría más de seis o siete años. Pablo esperaba paciente, casi devorándolo con ojos deslumbrados, incapaz de disimular su sonrisa. Miguel no entendía a los niños de ahora, ni mucho menos qué podía tener su historia de alegre.

—Bueno, como te iba diciendo, Quique se desvió de su camino habitual y corrió hasta el puerto. Allí eligió la barca más pequeña y la arrastró hasta la orilla con toda la fuerza de su testarudez. Luego se subió a ella, remando mar adentro. Aquel día la mar estaba especialmente mala, más bien parecía una masa iracunda de aguas turbulentas. El muy tonto remaba y me llamaba, empeñado en pescar conmigo. En una de estas, una gran ola sacudió la barquita, lanzando a Quique al agua, y no importó cuán rápido me lanzara en su rescate, ni que nadara con todas mis fuerzas, lo más rápido posible. La corriente me frenaba y no logré salvarlo. Por eso te digo, niño, olvídate de la mar y estudia, búscate otro futuro.

Dicho esto, Miguel se cubrió la cara con las manos, llorando tan fuerte como nunca, ya que desde el día en que su hijo se ahogó, jamás había hablado de lo que pasó, ni derramado ni una lágrima. El dolor se le había enquistado en el alma. Así que aquel testimonio, aunque doloroso, parecía haberle quitado un peso de encima, aliviando sutilmente aquella opresión constante que sentía en el pecho, desde hacía más de treinta años y a la que se había acostumbrado. Pablo, conmovido, se acercó a Miguel y lo abrazó fuertemente. Era increíble cuanto lo reconfortaban aquellas manitas llenas de ternura, dándole palmaditas en la espalda. Entonces el niño, exclamó:

—¡Vamos abuelo no sigas triste! Estoy seguro de que mi tío nos mira desde el cielo y de que querrá vernos felices...

Miguel, asombrado, descubrió su rostro, y miró perplejo a su nieto. Ahora entendía aquella familiaridad. Al ver de cerca sus ojos, vio los de Quique, era increíble cómo se parecían.

—¡Abuelo, mira! ¡Date la vuelta!

Pablo señaló un grupo de gente que los observaba en silencio, a escasos metros de la avenida. En primera fila, se encontraba su hija Marina, a la que había descuidado todos estos años y que, paradójicamente, acababa de darle la mayor alegría, su nieto. Se encontraba acompañada por el pueblo en peso: los pescadores y sus mujeres, los niños, el alcalde, los maestros, el médico... Todos los miraban fijamente. Entonces Pablo tiró de la mano de su abuelo y lo animó dulcemente:

—¡Vamos abuelo! ¡Tenemos una sorpresa para ti! ¡Ya no puedo esperar más!

Miguel no sabía cómo reaccionar. Aquella situación lo superaba y se sentía invadido por demasiadas emociones, así que, de la mano de su nieto, arropado ahora también por su hija y por el resto del pueblo, caminaron juntos en procesión hacia la plaza. Nada más llegar, Miguel observó las banderillas de colores que colocaban en las fiestas o en ocasiones especiales, aunque, en seguida y como sorprendida, su mirada se detuvo en el centro de la plaza sobre una estatua de bronce preciosa que parecía sonreírle a lo lejos. Era un niño de bronce, de unos siete años, muy parecido a Pablo, que se encontraba dentro de una barquita también de bronce, con una red de pescar dorada en la mano izquierda. Alrededor de la barquita, unos chorros soltaban agua simulando las olas del mar. Miguel se fue aproximando a ella poco a poco, como ajustando sus pasos, acompañado por la masa pueblerina, hasta que una vez ante la estatua, se detuvo expectante y, a pesar de los goterones que le desbordaban los ojos, lloviendo hacia el pavimento, atinó a leer la placa que decía así: *A Quique, para siempre vivo en nuestros corazones.* Tras leer estas palabras, se giró lentamente hacia la entrañable multitud, estupefacto, sin poder parar la lluvia en sus ojos, temblándole la mandíbula, incapaz de pronunciar ni un simple gracias, sino explotando en sollozos, tapándose de nuevo el rostro. Entonces Pablo se abrazó a la pierna de su abuelo, acto seguido su hija se abrazó también a él y tras ellos todo el pueblo en peso, pues tiernamente se fueron acercando y colocando alrededor de Miguel, hasta que todos acabaron fundidos en un gran abrazo colectivo, con el ruido del agua de fondo y las banderitas de colores agitándose en el viento, diciéndonos adiós.

Kayla

El sabio Waldram llevaba días meditando en la cúspide de aquella majestuosa montaña, una de tantas en la cordillera del Himalaya, cuando fue bruscamente interrumpido por el roce frío de la punta de una espada en su pecho. Sin inmutarse, permaneció con los ojos cerrados en un estado de profunda paz interior y tras un par de respiraciones profundas, habló:

—Vienes a por mi oro, joven guerrero. ¿Estimas más su brillo que la vida de un sabio?

—¡Dámelo o muere! ¡¿Acaso es sabio morir por unas monedas?!

El sabio Waldram no respondió, pues escuchaba el sonido del viento, unido al aleteo y al canto de los cuervos que poblaban la montaña...

El guerrero algo desconcertado por el sabio que seguía sin abrir los ojos, observó que llevaba colgado de la cintura un pequeño saco marrón abultado.

—¡Anciano! ¡Dame el oro y preservarás la vida! ¡Aunque tampoco debe quedarte mucho tiempo después de todo! —lo amenazó riendo.

—Escucha hijo, en mi juventud, yo también fui un guerrero como tú, conozco las atrocidades de la guerra y el dolor y la desesperación de perder aquello que más amas, en mi caso, mi esposa Kayla. Únete a mí en meditación y te ayudaré a abandonar el camino del mal.

El joven guerrero titubeó por un momento, pero pronto fue presa de una gran avaricia, imaginando todos los placeres que podría alcanzar con el oro del viejo. Así que alzó su espada y lo hirió de muerte, abriendo una brecha en su pecho. Luego, cogió el saquito marrón y lo abrió desesperadamente, vaciando las monedas de oro en su mano. Mientras hacía esto, bandadas de cuervos empezaron a elevar sus graznidos y a volar entorno al anciano, lanzándose a atacar al joven guerrero, que cubriéndose los ojos y la cabeza como podía, corrió a su caballo y huyó. Las bandadas de cuervos empezaron a volar en círculos sobre el pobre sabio Waldram que yacía herido sobre la cima, llorando sangre.

Era increíble aquel espectáculo de pájaros negros volando sobre aquel lugar solitario. Los cuervos empezaron a comunicarse entre ellos con fuertes graznidos y decidieron salvar al anciano, que los había alimentado durante años y hacía alarde de una inmensa sabiduría y bondad. Varios cuervos se posaron entonces sobre él y empezaron a llorar. Sus lágrimas poseen un inmenso poder curativo, además de ser mágicas, así que nada más caer sobre la herida, esta empezó a cicatrizar. Cuantos más cuervos lloraban sobre él, más rápida era la regeneración, hasta que, mágicamente, el sabio Waldram abrió los ojos de nuevo a la vida. Por su conocimiento y viendo que los cuervos lo habían salvado, en seguida supo que había adquirido los poderes de los cuervos. Algo realmente singular, ya que pueden pasar siglos y hasta miles de años para que un suceso requiera realmente de la intervención de estas aves especiales. A partir de ahora, Waldram podría transformarse en cuervo siempre que quisiera y su visión se había vuelto remota. Es más, podía percibir hasta los más mínimos detalles a grandes distancias. Asimismo, podía comunicarse con todas las aves e influir en su comportamiento. Lo más increíble eran el poder de la perspicacia y percepción mejoradas que unidas a su condición de sabio, lo volvían sumamente poderoso e intuitivo.

Realmente extasiado y lleno de la fuerza de la vida insuflada de nuevo en su cuerpo por los cuervos, el sabio Waldram, se levantó alzando los brazos, invitando a los cientos de cuervos de la montaña a volar en círculos alrededor de él y sintiendo unas ganas inmensas de volar, se transformó por primera vez en un hermoso cuervo con una mancha blanca sobre el pico que lo diferenciaba de los demás. Entonces, surcando los cielos, libre, viajó por todo el mundo durante milenios, ya que también le habían concedido el don de la inmortalidad. Waldram, apenas tomaba la forma humana, ya que esta era más torpe, más difícil de alimentar y mantener en forma, sumamente lenta y dependiente de otros medios en sus desplazamientos, mientras que ser un pájaro era mucho más ventajoso, principalmente por aquella sensación de libertad.

Algunos miles de años después de aquel acontecimiento mágico, Aleen paseaba sin rumbo, ensimismada, cruzando los entrañables canales y puentes de su hermosa ciudad, Ámsterdam, y mientras observaba sus casitas torcidas, sentía un cierto paralelismo con su propia vida. Por más que había intentado aspirar a la típica vida de ensueño, todo se había torcido de repente, convirtiendo ese sueño aparentemente accesible en una quimera. Su ex novio Sam la había dejado, porque no podía darle un hijo. Presuntamente aquel deseo había sido más fuerte que su amor. Lo peor de todo era que el diagnóstico del médico para ella había sido definitivo. Atosigada por estos pesados pensamientos, Aleen, se perdió por las calles de la ciudad, tratando de reencontrar su calma interior o algún tipo de respuesta, fue entonces cuando escuchó una voz que se dirigió a ella:

—Unas monedas para un pobre vagabundo, señorita.

Aleen se giró y descubrió a un lado de la calle a un anciano de lo más extraño. No tenía el aspecto de los vagabundos que solía ver por su ciudad. A pesar de ser mayor, su pelo era negro azabache, ondulado y muy largo, solo dos mechones blancos resaltaban a ambos lados de su rostro. Su piel estaba prácticamente desprovista de arrugas. Sus ojos eran increíblemente grandes y hermosos. Su forma redondeada le resultaba realmente original y eran también de un negro azabache tan profundo que apenas podías distinguir sus pupilas. Algo extraño era que estaba sentado sobre migas de pan, y solo un viejo paño marrón lo cubría. El anciano sonreía todo el tiempo, mirándola fijamente. Aleen sacó de su cartera un billete de cincuenta euros y lo depositó en sus manos suplicantes a modo de cuenco. Iba a continuar su camino, cuando para su sorpresa, el vagabundo le habló de nuevo:

—La mujer triste de cabellos dorados desea más que nada en el mundo una hija.

Aleen frenó en seco y se giró nuevamente hacia el vagabundo.

—Usted..., ¡¿cómo...?! —totalmente chocada era incapaz de continuar la frase.

—Yo puedo ayudarla, si está dispuesta a guardar un secreto. —le aseguró mirándola fijamente con aquellos ojos, oscuros y penetrantes, inmensamente sabios.

El deseo de Aleen de tener una niña era tan fuerte que se dejó llevar por aquella situación extraña y surrealista. Entonces el vagabundo le contó una historia milenaria de cómo surgieron los hombres cuervos y de cómo, a pesar de ser pocos, vivían dispersos por el mundo sin que apenas nadie supiera de su existencia. Le habló de que ella podría dar a luz a una niña-cuervo, pero tendría que llamarla Kayla y no podría desvelar a nadie jamás su verdadera condición. Le explicó que la niña poseería ciertos poderes, una gran inteligencia y una intuición muy desarrollada, y que podría comunicarse con los pájaros y tendría, además, una visión prodigiosa. Sería una niña sensible y amorosa que colmaría su vida, aunque tendría que enfrentarse a un dilema existencial. Cuando la niña cumpliera los quince años, tendría que decidir si quedarse en la forma humana o si convertirse en cuervo para siempre. Una vez tomara la decisión, esta sería irreversible.

Aleen sintió una mezcla de miedo e ilusión, al pensar en todo aquello. Además, pensó que ninguna persona escogería la vida simple de un pájaro frente a la de un humano, así que asintió a todo, deseosa de tener aquella niña. Entonces el anciano vagabundo, le hizo un gesto, indicándole que extendiera la mano y de su vieja túnica sacó una pluma negra azabache que colocó sobre la palma de su mano, a la vez que recitaba una especie de versos en un lenguaje incomprensible. La pluma empezó a transformarse en una tinta negra que, paulatinamente, fue absorbida por su piel hasta desaparecer. Aleen observaba este hecho mágico como hipnotizada y, al levantar la cabeza, el vagabundo había desaparecido, solo quedaba la vieja túnica marrón sobre el suelo y un cuervo negro picoteando las migas de pan en su lugar. No podía creerse lo que le estaba pasando, todo aquello parecía un extraño sueño o una imaginación. Entonces, miró fijamente al cuervo preguntándose si sería el anciano. El cuervo dejó de picotear las migas de pan, la miró a los ojos e hizo una reverencia, en la parte superior del pico tenía una mancha blanca. La noche había caído y Aleen se sentía cansada y aturdida por todas aquellas vivencias, así que se apresuró hacia su casa.

Aquella noche durmió profundamente y durante los días sucesivos medio olvidó lo sucedido, pensando que había delirado en su obsesión de ser madre a toda costa, hasta que un día empezó a tener náuseas y vómitos y comprobó que estaba embarazada. Nueve meses más tarde dio a luz una preciosa niña de pelo negro azabache y ojos negros redondos a la que llamó Kayla. Cansada y feliz con su bebé en los brazos, Aleen contemplaba los árboles que se veían a través de la ventana del hospital, cuando, de repente, un cuervo negro con una mancha blanca sobre el pico se posó en el borde de la ventana, mirándolas y soltando unos fuertes graznidos.

Desde ese día, el cuervo seguía a kayla allí a donde iba, como si velara por ella. Progresivamente, el árbol delante de su casa empezó a llenarse cada vez de más cuervos y estos se convirtieron en parte de su cotidianeidad, pues los alimentaba y les ponía agua. Se sentía agradecida con los cuervos por su preciosa hija.

Aleen era sumamente feliz como madre soltera y Kayla la llenaba de dicha, tal como le había prometido el anciano vagabundo. Sin embargo, cierta tristeza la invadía, cuando recordaba la inquietante profecía de Kayla al cumplir los quince años, así que se desvivió por hacer amistad con unos vecinos que tenían un hijo varón de la misma edad de la niña. Se llamaba Koert y congenió con su hija a las mil maravillas. De hecho, con el paso de los años se volvieron inseparables. A koert le fascinaban las aves y kayla las atraía como por arte de magia, era un imán para ellas. Claro que él no sabía por qué. Juntos pasaban horas leyendo sobre todas las especies de pájaros imaginables, iban al parque a darles de comer y se podían pasar horas observándolos.

Sin embargo, el día menos pensado, los padres de Koert les dieron una mala noticia, al padre lo habían destinado por trabajo a Canadá y se irían ese mismo verano. Aquello le rompió el corazón a Kayla que no se había integrado muy bien en el colegio. La consideraban rara por ir siempre vestida de negro, estar siempre hablando de pájaros y rodeada de ellos. Koert había sido su único y mejor amigo y la aceptaba como ella era. Él insistió en que mantendrían el contacto y en que no la olvidaría, pero no fue así. Sus vidas se distanciaron y con los meses fueron perdiendo el contacto.

Kayla se retraía cada vez más en sí misma, se encerraba en su habitación y su madre la oía hablar, cada vez más a menudo, aquel lenguaje extraño del viejo vagabundo. Cuando Aleen subía a llevarle algo a su habitación, siempre estaba la presencia del cuervo con la mancha blanca, hasta que un día sucedió algo diferente. Kayla empezaba a estar más ilusionada y contenta, pero se distanciaba cada vez más de ella.

Aleen intentaba hablarle, hacer actividades juntas, pero su hija se encerraba en su habitación a dibujar, a estudiar y a hablar con los cuervos. Por último, cuando subía a verla, siempre había sobre la mesa de su escritorio un cuervo más joven, sin mancha blanca, que la miraba fijamente, como a una intrusa, cada vez que entraba en la habitación. Aleen no se atrevía a acercarse mucho más de la puerta, aquellos pájaros inexpresivos se volvían intimidadores con aquellas miradas perforadoras e inteligentes, sin un gesto, ni una mueca, ni una sonrisa. Kayla la miraba también seria, distante, deseando que la dejara sola.

Para colmo, acababa de cumplir los quince años y sus intentos de que su hija se socializara con chicos de su edad, habían fracasado. Una tarde, al llegar del trabajo, sucedió algo inesperado y, a la vez, terrible. Nada más entrar por la puerta Aleen llamó varias veces a su hija, pero un silencio profundo reinaba en toda la casa. Entonces, temerosa, esperándose lo peor, subió a la habitación de Kayla, llamó a la puerta, pero nadie respondió, así que la abrió tímidamente, ya temiendo lo que iba a encontrarse. Sobre la mesa de escritorio y sobre los artísticos dibujos de su hija, se encontraban posados dos cuervos negros que la observaban y la miraban perforándola con aquellas miradas vacías e interrogativas. Aleen temerosa, murmuró:

—¿Kayla?, ¿kayla, hija mía, eres tú?

Uno de los cuervos voló instantáneamente hacia ella, posándose sobre su hombro derecho y con un gesto cariñoso, acarició su cachete, rozándolo con su cabecita, mojándolo con lo que parecían ser pequeñas lágrimas que, por un instante, le hicieron sentir cierta sensación de alivio y ternura. Ella, en respuesta, acarició su negro y brillante plumaje con la mano izquierda y empezó a llorar desconsolada, al comprender el destino que había elegido su hija que, en seguida, voló hasta la ventana junto a su compañero cuervo. Los dos se inclinaron a modo de pequeña reverencia, luego se giraron y salieron volando por la ventana.

Era increíble como sus negros pelajes se fundían con el negro de aquella noche sin estrellas, desapareciendo en ese fondo oscuro que parecía tragárselos. Aleen miró a su alrededor desconcertada, sintiendo un profundo vacío en su interior, incapaz de saber si todo había sido un sueño o si el sueño comenzaba ahora, ya que espontáneamente había decidido salir a dar un paseo y perderse una vez más por las calles de la ciudad, pues en algún lugar había un cuervo negro con una mancha blanca sobre el pico.

La voz

Martin: como cada mañana no sé exactamente en qué momento, la voz se despierta y me habla. A veces, pienso que me acompaña siempre como un ruido zorro de fondo, molesto e impertinente, como una grabación obsoleta, repetitiva y aburrida, totalmente inconsciente de su propia monotonía y exasperación, pero dotada de una fuerza hipnótica increíble. Y, de este modo, la voz me arrastra con sus palabras y consejos, en su mayoría tóxicos. Ella es del pasado y no quiere dejarme libre. Es más, cuando la olvido, me fundo con ella. Entonces, en esa unidad indivisible vive y actúa a través de mí. Y, como toda manifestación natural, no quiere dejar de existir. Surge en mi cabeza, como los latidos en mi corazón, deseando asumir el control y sumirme en la inconsciencia. Por mucho que intento acallarla, resulta inútil, es demasiado insistente, socarrona y perspicaz. La voz me conoce mejor que nadie, y como no tiene cuerpo, intenta vivir a través del mío. Pero hoy, hoy me he propuesto ignorarla, no ser uno con ella, vivir mi vida por un día. ¡Escuchad! ¡Ahí empieza de nuevo...!

La voz: Vaya..., vaya..., ¿conque estas tenemos? Alguien intenta librarse de mí. ¿Acaso no ves que vivo en tu cabeza, pardillo, y escucho todos tus pensamientos? No tienes secretos para mí. Lo sé todo sobre ti y tu patética vida. No entiendo por qué eres tan mal agradecido. ¿Quién ha estado siempre a tu lado durante todos estos años y no te ha abandonado nunca? ¿Quién ha velado por ti y te ha acompañado hasta en la más profunda soledad, cuando no tenías a nadie? ¡¿Y así me lo pagas?! Hoy te has puesto por meta prescindir de mí, pues veremos si lo consigues...

Martin, revolvía nervioso una montaña de ropa, intentando no responder mentalmente a las impertinencias de la voz. Solo tenía que respirar hondo y encontrar rápidamente unos vaqueros limpios para correr a la cafetería. Clara llegaría en cualquier momento y hoy se había decidido finalmente a hablar con ella. Llevaba meses viéndola. Todos los viernes a la misma hora, ocupaba la misma mesa y se ponía a leer una novela, disfrutando de un delicioso cappuccino espumoso, mientras él se sentaba a dibujar frente a ella.

Martin: ¡Ah! ¡Aquí están! ¡mis mejores vaqueros! ¡me hacen un buen culito! ¡Hoy tengo que estar espectacular!

La voz: ¡jajajajajajaja! ¡Mira que eres iluso! Cada viernes dices lo mismo, hoy es el día, hoy me presentaré a Clara, ¡hoy tendré el coraje! Y así llevamos meses... ¡Desde luego! ¡Qué tonto eres! Encima hoy, cuando más me necesitas, has decidido hacerme el vacío. ¡Tú verás lo que haces! Pero dudo mucho que una chica así se fije en ti. Además, no la conoces de nada, no sabes de quién se trata realmente. Parece bastante inaccesible, fuera de tu alcance. ¡Vas a hacer el ridículo!

Martin intentaba con todas sus fuerzas centrarse en arreglarse y en no contestarle a la voz que, para variar, ya lo estaba haciendo dudar, además de mermar su ilusión. Aún así, se armó de valor, se puso su mejor perfume, cogió su cuaderno y se metió las llaves de casa y la cartera en el bolsillo. Por un instante, deseó poder dejar la voz atrás, sabía que todo sería más fácil sin ella, pues no vacilaría y le declararía a Clara su amor, sin titubeos. Tantas veces, había visto su nombre escrito en la taza de café y leído los títulos de las novelas que devoraba. De resto, nada sabía sobre ella, salvo todo lo que se había imaginado.

Bueno, había llegado la hora de dar el paso y esta vez se había propuesto lograrlo, pues el que no arriesga, no gana. —¡El que no arriesga, no gana! ¡El que no arriesga, no gana! —se repitió varias veces, frente al espejo. Y, tras esto, con tal seguridad, se lanzó a la calle. De camino a la cafetería, varias personas se quedaban mirándolo, como sonriéndole y no entendía por qué. Tampoco tenía tiempo para descifrar el enigma, se acercaba la hora y quería llegar antes que Clara, para ir preparando su estrategia. Así que aceleró el paso todo lo que pudo. Sin embargo, en una de estas, se tropezó con un desnivel de la acera y cayó de rodillas. El cuaderno voló un metro y medio por delante de él, se abrió y se le desparramaron todos los papeles sueltos. Se levantó rápido, sacudiéndose el pantalón lo mejor que pudo, aunque se le quedaron dos manchurrones grises a la altura de las rodillas. Miró el reloj y pensó en dar la vuelta, pero ya no le daba tiempo. Corrió tras algunos dibujos, pero el viento pegaba fuerte y muchos volaron rápidamente calle abajo, inalcanzables, así que siguió en dirección a la cafetería. Una vez dentro, comprobó que Clara no había llegado aún, así que corrió a pedirse un café y lo atendió la chica de siempre, que no era muy completa. Se llamaba Rita y estaba detrás de él.

Rita: ¡Hola Guapo!, ¿lo de siempre? —le dijo esbozando una gran sonrisa tonta —¡eeeeh! ¡jejejejejeje! ¡¿qué?!, ¿¡esperas un regalo?!

Martin: ¡No, claro que no! ¿Por qué iba a esperarlo? — le respondió algo irritado, más por la forma en la que lo devoraba con la mirada que por el comentario en sí.

Rita: ¡eh jejejejejeje! ¡Tienes la camisa al revés, tooontoo!

Martin se miró la camisa, y sonrió tímidamente, sin articular palabra. Cogió su café y lo dejó en su mesa. Clara llegaría en breve, así que corrió al baño a colocarse la camisa. Allí aprovechó para descargar toda el agua que se había bebido esa mañana. Luego, salió apresurado a sentarse. Abrió su cuaderno y empezó a dibujar a Clara. Ya tenía varios esbozos suyos y regalarle el dibujo era la excusa perfecta para iniciar una conversación con ella, así que se puso manos a la obra.

La voz: ¡jajajajajajaja! ¿Este es tu gran plan? ¿Conquistarla con uno de tus dibujos? ¡Veo que lo has pensado a fondo! Sinceramente, no creo que te de resultado, a las chicas de hoy no les interesa el arte, tonto, ni mucho menos van a fijarse en un pobre dibujante que encima te aborda, sin conocerte de nada. Además, ¿ya te has olvidado de lo mal que te ha ido en las relaciones? ¿Cuántas veces vas a exponerte a que te den calabazas? ¿Cuántas puñaladas más aguantará tu ingenuo corazón? ¿Ya has olvidado cómo acabaste en tu última relación? ¡Tu ex se rio de ti! ¡Te llamó fracasado! ¡Deberías estar pensando en cómo poner orden en tu vida, que está patas arriba y no en esa chica! No logras vivir de tus dibujos y sigues gastando tus ahorros a mansalva. ¡¿Cuándo vas a poner los pies en la tierra?! ¡Así no te va a ir bien! Insistes en alcanzar

el éxito y probablemente lo logres, como tantos artistas
¡post mortem!

Paralelamente a las incesantes críticas de la voz, la
señora de la mesa de al lado, no paraba de hablar en
alto con una voz de pito, aguda y llorona, contándole
sus penas a su compañera de mesa. Aquella voz, unida
a la de su cabeza, exasperaba increíblemente a Martin
y lo ponía cada vez más histérico, hasta el punto de no
poder dibujar. Ante tal estrés, pensó en voz alta de
repente, gritando.

Martin: ¡Cállate ya maldita cotorra!

La voz: ¡jajajajajajaja! ¡Veo que llevas muy bien tu
campaña de ignorarme! ¡Cuidado con la señora que
tiene cara de *bulldog*, a ver si viene a pegarte!

Asombrado por su propia reacción impulsiva, miró
a la señora rojo como un tomate. Ella se había callado
de golpe y lo miraba con cara de malas pulgas, al igual
que la amiga que, para apoyarla, dijo en alto mirando
hacia Martin, —¡no te preocupes Marta, los jóvenes de
hoy no saben lo que es la educación! Luego ambas le
viraron la cara sincronizadas en señal de desprecio.
Acto seguido, se levantaron y abandonaron la cafetería.
Martin quería haber dicho algo, pero se había quedado
rojo y bloqueado ante aquella situación que
internamente le provocaba risa. Además, al salir se
cruzaron con Clara que entraba con una falda larga de
flores primaverales y una blusa blanca, algo escotada.
De nuevo, a Martin se le enrojeció el rostro, y giró rápido
la cabeza para que Clara no lo viera así, concentrándose
en el dibujo que aún no estaba listo. Dibujaba y de
reojo, la observaba ir a pedir su café de siempre con esa

voz dulce e inocente y aquella sonrisa... ¡Dios, su sonrisa...!

Desde luego, con esta chica le había dado fuerte. Mientras la veía caminar hacia su mesa favorita, su falda parecía flotar, levitar, al igual que sus cabellos. Sus ojos la grababan en la retina como a cámara lenta. Aquella situación era emocionante, en poco tiempo estaría sentado junto a ella, en su mesa, charlando, intercambiando impresiones, mirándola directamente a los ojos y ya no sería más un mero desconocido. Un friki que sale de casa con la camisa al revés, que lleva los pantalones sucios y que espanta a las señoras mayores, atosigado por una voz en su cabeza...

Martin levantó la mirada un momento, Rita lo miraba embobada desde la barra, totalmente enamorada. Clara estaba totalmente concentrada ya en su libro. De repente, una voz de infante lo interrumpió, giró y bajó la cabeza para toparse con una niña de unos cinco años, con dos coletas rubias y gafas de culo de botella que lo miraba con grandes ojos asombrados y que le preguntó sonriente y en tono bastante alto:

Una niña: ¡¿Estás dibujando a tu novia?! ¡Qué fea!

Martin: ¡no, no, no, no! ¡No es mi novia! ¡Yo no tengo novia! —respondió nervioso, medio gago, porque Clara había levantado la mirada y los estaba observando, lo último que necesitaba ahora, era que pensara que tenía novia.

La niña: Entonces, ¿quién es?, ¡¿tu amante?! Yo también sé pintar, ¡mira mis colores! —le dijo a Martin mostrándole un puñado de rotuladores sucios y sudados que llevaba en la mano.

Martin: ¡sssssssss! ¡No es nadie! ¿Así que sabes dibujar? ¡toma te regalo unos folios para que pintes algo! ¡anda, toma! —Martin comprobó que Clara los seguía observando, así que para no quedar como un desalmado, continuó. ¡Pero qué mona eres! ¿quieres un muffin de chocolate? Venga, espérame aquí dibujando, en seguida te lo traigo. —le dijo sonriendo y mirando hacia Clara. Era la primera interacción entre ellos y estaba yendo bien, pues le estaba sonriendo.

La niña seguía escudriñándolo con aquellos ojos aumentados y justo cuando se levantó a pedir el muffin, le señaló la bragueta y dijo en voz alta —¡aaaaahhhh! ¡jajajajajaja! ¡Se te va a salir el pajarito! ¡jajajajajaja!

Martin se puso de nuevo rojo, se sintió ridículo. Cada vez le irritaba más aquella condenada niña. Clara lo miró ahí debajo, riéndose tímidamente. Martin nervioso se subió la bragueta, pero al estar mirando para Clara, se trilló sus partes y bueno, sufrió un dolor intenso que intentó disimular con una sonrisa que más bien daba miedo, mientras caminaba encogido del dolor hacia la barra, con la cara ya casi morada. Debió dejarse la bragueta abierta cuando fue al baño a colocarse la camisa. ¡En fin! Una vez en la barra, encargó el dichoso muffin para la niña enterada y volvió a la mesa para dárselo.

Para su sorpresa, se había sentado confianzuda en su sitio y había decidido colorear a Clara. Martin no pudo disimular su disgusto, mirando a la niña con cara de asesino, le preguntó: —¡¿Pero, qué has hecho?! La niña lo miró sonriente con aquellos ojos enormes, casi parecía que lo estaba haciendo adrede, interponerse en sus planes, poniéndolo en ridículo constantemente. ¡Se había cargado el dibujo! ¡Le había chafado el plan y sentía ganas de estrangularla! Fue entonces cuando la salvó su madre que vino a la mesa a buscarla. ¡Qué pena que no lo hizo antes! Le pidió disculpas a Martin por las molestias y se la llevó agradecida por el *muffin*. La niña se fue sin oponer resistencia, girándose a los pocos pasos para sacarle la lengua. Ahora tenía que idear otra forma de acercarse a Clara que, por suerte, seguía leyendo tranquila, bastante ensimismada. Entonces, Martin se fijó en su café, estaba casi vacío, ¡la invitaría a uno! Corrió a la barra a esperar, porque ya era hora punta y se había metido bastante cola.

Mientras Martin esperaba pacientemente en la cola, mareado por su voz que se reía cruelmente de él y del fracaso de su dibujo, un guaperas llamado Iván entraba en la cafetería. Martin no tenía ni idea de que tenía un competidor, pues también era un admirador de Clara. De hecho, entrenaba en el gimnasio de al lado y ese día se había propuesto también entrarle a Clara. Era un tío cachas de muy buen ver, rubio, de ojos verdes. Al contrario que Martin, era extrovertido y muy seguro de sí mismo, aunque bueno, con ese cuerpo como para no serlo. El musculito se detuvo un momento ante un espejo del café, retocándose el peinado, y fue entonces cuando Martin se percató inevitablemente de su presencia, ya que Rita, no le hacía caso embobada mirando para otro lado.

Martin: ¡Ritaaaa! ¡Rita! ¡Un cappuccino con mucha espuma, por favor! ¡Date prisa!

Rita: ¡Ah! ¡eehhh! ¡jejejejejejeje! ¡Ya voy! —le dijo con su característica risa tontorrona, mientras se le caía la baba por aquel guaperas.

Martin giró la cabeza para examinarlo bien, le sorprendió sentirse celoso. En su cabeza, creía que Rita solo bebía los vientos por él. Aún así, la cosa empeoró de súbito, cuando lo vio caminando sonriente, directo hacia Clara. Paralelamente, Rita acababa de depositar el cappuccino recién hecho, bien caliente sobre la barra. Martin lo cogió velozmente e impulsivamente corrió hacia la mesa de Clara, decidido a llegar antes que el adonis.

En tal precipitación, ya a la altura de la mesa, se tropezó con la pata de una de las sillas, derramándosele el café exactamente sobre las partes del guapetón, que puso una cara entre dolorida y cabreada, mientras se llevaba las manos ahí abajo ¡Lo había quemado! ¡Oh, oh! Martin se vio en problemas. Nervioso, empezó a coger servilletas del servilletero de la mesa y cuando hubo reunido un buen tocho, se puso a limpiarle el café a Iván de sus partes, quien molesto se apartó diciendo —¡¿Pero, qué haces tío?!, ¡¿eres gilipollas?! Y le atizó un buen puñetazo en la nariz. Martín sentía el calor subirle al rostro una vez más, —ya no sabía ni cuántas veces le había pasado en aquel día— a la vez que sentía la sangre caliente brotar de la nariz. En seguida, se la limpió con las servilletas manchadas de café, mientras miraba a Clara sonriéndole, con cara de bobo, tan feliz como si aquel puñetazo no hubiera sido más que una caricia. Su plan iba de mal en peor, sin embargo, él no se sentía desanimado. Iván abandonó la cafetería cabreado e injuriando.

Clara se levantó, tratando de disimular su risa, llevándose las manos a la boca, mientras amablemente le preguntaba si se encontraba bien. Martin asentía con la cabeza, sin lograr quitar aquella sonrisa de payaso. La verdad es que todo aquello resultaba bastante cómico. Entonces, Clara se guardó el libro en el bolso y por su lenguaje corporal todo señalaba que iba a marcharse...

Martin: ¡Eh! Bueno..., yo.... El café..., era para... —balbuceó Martin torpemente, incapaz de formar bien la frase.

Clara: ¡Para mí! ¡Ya lo sé! —le respondió sonriente, parándose unos segundos junto a él ...

Martin estaba hecho un flan y no era capaz de reaccionar. Además, se había quedado embelesado por aquellos instantes de proximidad física con ella que, tras decir esto, caminó hacia la puerta para abandonar la cafetería, aunque sin dejar de sonreírle. Él la seguía también con la mirada, sonriendo embobado, y aún cuando la vio desaparecer, se quedó inmóvil por unos segundos, hasta que Rita le quitó las servilletas de la mano y se puso a limpiar el café del suelo.

Rita: ¡Desde luego! ¡Menuda me has formado aquí! ¿eh? Jejejejejejeje —le reprochó a Martin con su risa bobalicona de siempre, mientras arreglaba el desastre.

Tras esto, Martin se fue de la cafetería como flotando. Rita corrió tras él, para darle el cuaderno, pues se lo había dejado atrás. Lo cogió y siguió caminando en dirección a su casa como abstraído, aún extasiado, pensando en Clara. Resultaba increíble, pero el puñetazo ni le dolía. Tampoco había vuelto a tener señales de la voz en un buen rato. Aquel día había sido bastante curioso, nada había salido como lo había planeado y, sin embargo, tampoco podía decir que le hubiera ido mal. Puede que no lograra declararse a Clara, pero aquellas miradas y sonrisas le bastaban. Los pasos hasta su casa lo impulsaban de un modo diferente a otras veces, le parecía levitar, hasta que intervino de nuevo la voz.

La voz: ¡¿Cómo puedes estar tan contento después de hacer el ridículo de esa manera?! ¡Escucha lo que te digo! ¡La has cagado completamente! ¡Esa chica te ve como un payaso! ¡Jamás se fijará en ti! ¡Y menos después de hoy! ¡Dios! ¡Qué iluso eres!

Tras estas palabras hirientes de la voz, Martin se sintió presa del desánimo. No entendía sus siniestras intervenciones, ni tampoco sus silencios, ¡estaba harto! Así que entre enfadado y triste, entró en su piso, decidido a darse un buen baño relajante. Una vez dentro, empezó a desnudarse, lo primero que se quitó fue la camisa, tirándola sobre el sofá, luego se sacó la cartera y las llaves del pantalón, colocándolas sobre la mesita. Se sentó en el sofá para quitarse los pantalones, levantando las piernas hacia arriba, porque eran bastante ajustados, y ¡paf! de repente vio algo caer. Cuando bajó la mirada hacia la alfombra, le sorprendió encontrarse un papel rosa doblado. En su estómago se despertó rápido una especie de cosquilleo, cogió el papel, lo abrió casi presintiendo el contenido..., en él se leía: Clara y un número de teléfono... Martin empezó a dar saltos de alegría por todo el salón, gritando —¡sí, sí, sí, sí! ¡Yeah! —haciendo un gesto de triunfo con el puño y el codo. Y, en seguida, dijo en alto...

Martin: ¡¿Qué pasa voz?! ¡¿No comentas nada al respecto?!

La respuesta de la voz fue un rotundo silencio que duraría quién sabe cuánto tiempo...

La empresa amorosa

Estirada y de puntillas, intentaba contemplar aquella maravillosa obra de arte, por la que me había desplazado, nada menos que, a la ciudad de las luces, pero me lo impedían los brillos del cristal y un coro eterno de chinos empecinados en fotografiarla, como si una mera foto pudiera atrapar el magnetismo de Lisa Gherardini y de su misteriosa mirada. Me pregunto si durante su vida causó también ese efecto en las personas, si la rodearían de repente por la calle, solo para admirar su belleza o si fue Leonardo el único en apreciarla, en capturar la verdadera esencia del alma de Lisa, inmortalizándola sobre el lienzo con su pincel, encerrándola para siempre en aquel cuadro. En cuanto a mí, no quisiera ser tan bella, ni tan admirara, ni tan siquiera por un día, contrariamente a los deseos de mi madre que me llamó Mona, en honor, claro está, a la Mona Lisa. Ironías del destino...

Justo en ese momento, alguien me tocó en el hombro, sacándome de mi ensimismamiento. Al girarme, me puse roja ipso facto, al toparme con un chico guapísimo que me hablaba en francés. En seguida, se percató de que no lo entendía y sonriéndome empezó a gesticular y a señalar el móvil, así que entendí que se ofrecía a sacarme una foto con la famosa Gioconda de fondo. No se iba a ver nada, pero aún así acepté. Quería detener aquel instante inesperado, pero me había quedado muda de ingenio. Una vez hubo sacado la foto, me devolvió el móvil diciendo, —Vous êtes très belle, Mademoiselle! Yo le respondí con otra tímida sonrisa, viéndolo marchar desconsolada, totalmente arrepentida de no haber hecho aquel curso de francés online.

Pronto, me consolé con las obras de arte, mientras disfrutaba de aquel maravilloso museo en el que podría perderme durante días. Antes de la hora del cierre, corrí a la tienda del museo para llevar a cabo mi típico ritual, comprar una libretita con mi obra de arte preferida que fue, como no, La Gioconda. Resultaba curioso verla ahora mirándome desde la libretita con esa mirada hipnótica, enigmática y fascinante que me hacía sentir que estaba frente a la persona y no ante una foto de una pintura en una libreta. Sin duda, el arte evocaba en mí las sensaciones más bellas y sublimes, era como entrar en una dimensión de suma sensibilidad y delicadeza que me alejaba de la existencia primitiva, monótona y mecánica del día a día.

Pensando todo esto, abandoné *Le Louvre*, adentrándome por las calles románticas, *Art decó* de Paris, con la imagen del guapo francés rondándome por la cabeza. Llevaba tiempo planteándome iniciar una relación seria y empezaba a verme cada vez más receptiva a la idea, por lo menos ciertos días, ya que otros, no tanto. Y tal vez fuera simplemente el aire de París, el que me intoxicaba de romance. Tras caminar casi una hora, decidí descansar tomando algo y tuve la traviesa idea de empezar a escribir en mi libreta los posibles candidatos para mi nuevo proyecto de vida en pareja.

Había tres hombres, en concreto, que había estado conociendo los últimos meses, escribiría todo lo que sabía sobre ellos, hasta decantarme por uno. Un antiguo café, *La Rotonde*, abierto desde 1911, llamó mi atención por todas las cosas interesantes que había leído sobre él en mi guía. Los mismísimos Picasso y Modigliani habían pagado allí sus tentempiés con dibujos, cuando aún no eran artistas reconocidos. Asimismo, me pareció que los colores rojo y dorado daban el pego con mi empresa romántica, así que me pedí una copa de vino blanco con un aperitivo, mientras hacía boca para la cena y me senté a escribir en la terraza...

Vincent: un empresario canoso, pero muy atractivo, divorciado con un hijo de doce años, con el que llevaba una relación harto curiosa, pues lo trataba como otro de sus quehaceres empresariales, mimándolo con todo tipo de caprichos, cada vez que demandaba tiempo con él. Me pregunto si fue esa, precisamente, la razón de su divorcio y qué demonios hago yo planteándolo como posible candidato. Aún recuerdo la última vez que quedé con él, lo esperaba ya más de veinte minutos en el restaurante, cuando decidí irme, justo salía por la puerta, cuando pasó con el coche hablando por el móvil, tan absorto en sus asuntos que ni siquiera me vio. Así que como quien no quiere la cosa, seguí de largo, de camino a mi restaurante de sushi favorito, prefería la soledad absoluta y tangible a convertirme en una mera acompañante invisible. Aún después de salir a la fuga, me había seguido llamando sin cesar, de manera muy insistente. Esta pequeña reflexión en mi libreta, debería conducirme a una decisión final y es la de ignorar a perpetuidad tales vagos intentos de un acercamiento, ya que nunca se me dio bien eso de ser mujer florero. Por otro lado, nuestras conversaciones nunca llegaron a buen puerto, por llegar, nunca nos encontramos en ningún punto, uno empecinado en la economía y el otro en el arte. ¿Qué vida me esperaría con un hombre así? ¿Una vida de profunda añoranza, abocada ya desde un inicio al fracaso? ¡Casi seguro que sí!

Amedeo: cuarenta y dos años, profesor de historia del arte, soltero y sin compromiso, como yo. A simple vista, parece el hombre perfecto para mí. Si bien es cierto que nunca discutiríamos por nuestro destino de vacaciones, probablemente lo haríamos por todo lo demás. Principalmente, nuestro punto en común se ha convertido varias veces en nuestras citas en el tema de la discordia. Para mí, las obras en mármol inacabadas de Miguel Ángel constituyen una mera prueba de su perfeccionismo, si la escultura no había asomado como él lo deseaba, era mejor no continuarla, como quien se desprende del boceto de un dibujo fallido. Para Amedeo, sin embargo, el propio artista las había dejado inacabadas aposta, como la suma expresión del arte en movimiento, para crear la ilusión de que la escultura cobra vida y está intentando salirse de la piedra. Cada vez que hablamos de lo que más nos apasiona en la vida, acabamos enzarzados en una discusión enfurecida, ya que, en el fondo, para él mis razonamientos son excesivamente extravagantes o ilógicos...

Justo en ese momento, el camarero interrumpió mi escritura...

Camarero: *Madame, voulez-vous boire autre chose?*

Mona : *No, merci...* —y como no sabía decir nada más, aproveché el bolígrafo que tenía en la mano para indicarle con un gesto que me trajera la cuenta.

Luego cogí mis cosas y me fui al hotel, no sin dejar de pensar e imaginar las posibles vidas que podría tener con mis dos candidatos. Les daba vueltas y más vueltas con mi exaltada imaginación, revisando en mi memoria todo lo que sabía sobre ellos. Aquella era mi última noche en París, los días habían volado y al día siguiente volvería de nuevo a casa, a mi vida, a la monotonía, a la realidad. Así que aproveché al máximo mis últimas horas en aquella maravillosa ciudad, observando todo lo que me rodeaba, esforzándome en grabarlo en mi retina para siempre. Al día siguiente en el avión, retomé mi libretita, aún no había terminado mi empresa amorosa, así que continué con Amedeo.

Amedeo: aunque racionalmente parece el candidato idóneo, en mis encuentros con él me pareció siempre soso y aburrido. Si una persona te habla y tú vuelas con tus pensamientos, controlando tus bostezos, es que algo no fluye, somos demasiado diferentes, pero no en el buen sentido, no en el que te completa. Y qué decir del sexo, nada, ni una chispa, al contrario que con Vincent que, en ese sentido, había mucha química. En fin, para qué pensarlo más, Amedeo queda totalmente descartado, ya solo me queda Zeus...

Zeus: veintinueve años, a priori demasiado joven, pero de muy buen carácter, apacible, tranquilo, tal vez demasiado, le falta cierta iniciativa, no sé, a veces, da la impresión de caer en la apatía, pero, importante, congeniamos perfectamente en la cama. Quizás sea por esas manos diestras de masajista. A mí me encanta un masaje, más que comer. Nuestras citas hasta ahora han sido siempre en su casa, nunca se motiva con mis planes, nada de cine, ni de teatro, nada de un simple desayuno juntos, siempre directo al grano. Sin embargo, algo en mí me dice que tal vez valga la pena intentarlo, darle una oportunidad a este, por si surge alguna relación. Al fin y al cabo, su juventud y buen carácter, y el no tener ningún tipo de ataduras, lo convierten en el mejor candidato. Amedeo tampoco las tiene, pero ya es perro viejo, viene de vuelta y con él, no siento que pueda llevar las riendas, más bien no siento nada, así que ¡¿por qué me lo estoy planteando de nuevo?! Pues ya está decidido, tan pronto pise tierra le enviaré un mensaje a Zeus y concertaré una cita. ¿Marcará esto el inicio de una nueva etapa en mi vida?

Mensaje de WhatsApp: Zeus, soy Mona, ¿qué te parece si nos vemos mañana? Tengo dos entradas para un concierto de Jazz al aire libre. Luego, podemos ir a cenar.

Zeus: ¡Hola guapa! Mañana saldré reventado del trabajo y no estoy de ánimo para un concierto, pero podemos vernos en mi casa, y preparamos aquí algo de cenar.

Mona: Bueno, la idea del concierto me apetecía más, pero nos vemos mañana, estaré allí sobre las siete, yo me encargo del vino.

Apenas acababa de regresar de París y ya la vida me había puesto doblemente los pies en la tierra. El mensaje de Zeus me había desencantado totalmente... Una vez más, quiere quedar en su casa, me resulta deprimente, la verdad. Aún así acudiré a la cita, tal vez la vida me sorprenda de algún modo. Unas horas más tarde, me puse tan *mona* como pude, incluso, me había decidido a estrenar lencería. Cogí la botella de vino blanco dulce afrutado de la nevera y me tiré a la calle. Mientras caminaba en dirección a la casa de Zeus, me imaginaba mil situaciones idealizadas que en el fondo de mí sabía que nunca se harían realidad. Un sentimiento de decepción, mezclado con aquella nostalgia romántica de París empezó a invadirme, justo cuando pasaba por delante de una tienda de animales. En el escaparate, tres tiernos gatitos siameses dormían apaciblemente. Mi corazón se enterneció de tal manera que sentí inmensas ganas de coger en brazos uno de ellos. Entré en la tienda y le pedí a la chica que me dejara coger uno. Su pelaje suave, su cuerpecito caliente, sus pequeños ojitos azules llenos de inocencia me cautivaron completamente, así que pregunté por el precio.

La dependienta: 120 € —¡¿A que es una auténtica monada?!

Mona: ¡Me lo llevo!

La dependienta: ¡Buena decisión!, aunque es una verdadera pena separarlo de sus dos hermanos...

Miré los otros dos gatitos, dejándome invadir por aquel sentimentalismo contagioso e impulsivamente dije: ¡me los llevo también!

La chica se mostraba muy contenta y pronto me explicó todos los accesorios que necesitaría para criar a los gatitos. Estaba tirando la casa por la ventana, compré de todo, un trasportín, comida para gatos, sus respectivos comederos y bebederos, sus bandejas sanitarias, camitas y un rascador.

La dependienta: ¡Vaya! ¡Ya estás equipada con todo! ¡Ya solo te falta pensar en los nombres!

Miré a la chica con aire divertido, pero no respondí. Sinceramente, no necesitaba darle muchas vueltas, a decir verdad, ya lo había decidido...

Y así, cargada de bolsas y con Vincent, Amedeo y Zeus maullando en el trasportín, salí a dos manos de la tienda, dirección a casa. Al parecer, este había sido el resultado de mi empresa amorosa.

La conspiración de la muerte

La sala del tanatorio se encontraba precariamente iluminada. Nada más entrar, me sobrecogieron los gemidos de la pobre mujer del difunto, rodeada por un murmullo mundano que contrastaba absolutamente con aquel entorno de muerte. Unos niños jugaban corriendo por la sala, muertos de risa, con unos sándwiches en la mano. Un grupo de señoras cuchicheaban a la vez que miraban a la triste viuda que sollozaba diciendo: —¡Ay, mi Rafael! ¡Diosito se lo ha llevado! ¡Ay! ¡Ay! ¡Mi pobre Rafael! Todas las personas parecían distraídas y demasiado inmiscuidas en la vida, como si la muerte no tuviera nada que ver con ellas, comían, reían y charlaban desenfadadamente, totalmente ajenas al muerto que yacía inmóvil en una pequeña habitación contigua con paredes de cristal transparente, rodeado de hermosas rosas negras, rojas y amarillas, además de un sinfín de coronas. Poco a poco, los recién llegados íbamos entrando en la pequeña habitación para darle el último adiós al difunto, entre ellas, yo, junto con mi íntima amiga, Charo.

Una vez dentro, nos acercamos con curiosidad al elegante féretro negro. Mi amiga y yo nos miramos con complicidad. No sabíamos cómo despedirnos de un muerto al que apenas habíamos tratado. Nuestra curiosidad era más bien por la muerte. Mirábamos espantadas la rigidez del cuerpo y el vacío de su expresión. Justo en ese momento, las velas eléctricas y la lámpara central del techo empezaron a parpadear durante algunos segundos, hasta que, de repente, todo quedó a oscuras con un murmullo de sorpresa lanzado al unísono por todos los presentes. Yo, que estaba mirando al difunto justo antes del apagón, pegué un grito de horror al verlo abrir los ojos y sonreírme tétricamente. Movió los labios diciendo una frase que leí perfectamente: —¿adivina quién será la siguiente? Con mi grito de espanto, regresó de súbito la luz. Charo me había agarrado por el brazo del susto y me miró interrogante, cuestionando el motivo de mi alarido. Todos los familiares y presentes me miraban estupefactos. No pudiendo resistir la vergüenza, Charo y yo nos cogimos de la mano y fuimos saliendo nerviosas de la sala, mientras decíamos como dos discos rayados: —nuestro más sentido pésame, sentimos la pérdida, lo sentimos mucho... Acompañando esto con un movimiento de cabeza de arriba abajo, a modo de micro reverencias pudorosas. ¡Menudo bochorno pasamos! Y no fue hasta que desaparecimos por la puerta que la sala recobró su estado de normalidad anterior, o sea, recuperó su murmullo mundano acompasado de tímidos sollozos.

Nada más bajar las escaleras apresuradas, nos topamos con la cafetería del tanatorio. Yo estaba sudando y Charo pensó que me sentaría bien tomar algo y hablar de lo ocurrido. Al entrar en la cafetería, sentí una sensación de lo más extraña, era como si hubiese atravesado algún tipo de portal, el sonido había cambiado, se había vuelto como del más allá. Los clientes tenían semblantes pálidos y serios, tampoco parecían totalmente de este mundo, ni tampoco establecían contacto visual con nosotras. La única que parecía normal, como siempre, era Charo, que me miraba extrañada y con cierto reproche por mi actitud y comportamiento. Todavía se me veía bloqueada y sugestionada por lo sucedido antes, así que Charo me agarró por el brazo y me sentó bruscamente en la primera mesa que vio libre:

—¡Me quieres explicar a qué demonios ha venido ese grito, Fefa? ¡Nos has puesto en ridículo!

—¡Ay Dios, Charo! ¡¿No te parecen un tanto extraños los clientes de esta cafetería?! ¡Mira esa niña con su madre! ¡Tiene cara de muerta! ¡Casi parece que acaban de salir del cementerio!

—¡Por dios, Fefa! ¡Estamos en un tanatorio! ¿¡Qué diablos esperas!?

Entonces, empecé a hablar en voz baja, aunque acelerada, mientras apretaba la mano de mi amiga...

—¡Charo! ¡Cuando se produjo el apagón, el muerto abrió los ojos y me habló! ¡Dijo algo terrible que no me atrevo a repetir! Es más, antes de irse la luz, escuché una especie de susurro, cerca del oído... ¡Alguien susurraba mi nombre! ¡¿Tú no viste, ni oíste nada!?

—¡Claro que no mujer! ¡Creo que deliras! —dijo, mientras me tocaba la frente... ¡Por dios! ¡Estás ardiendo! ¡Camarera! ¡Camarera! ¡Dos vasos de agua y dos cafés, por favor! ¡Ay, Fefa! ¡Uno estira la pata y te pones así! ¡No es para tanto! ¡Se muere gente todos los días!

—Ya..., tienes razón...

Entonces, empezamos a hacer bromas de las nuestras, incluidos un par de chistes sobre la muerte. El humor negro nos sacó de aquel estado de espanto en el que sobre todo yo me encontraba, llevándonos primero a la risa, luego a las carcajadas.

Pero toda la alegría desapareció, cuando la camarera se acercó a la mesa. Entonces, sentí un frío que casi me heló la sangre, que me quitó la fiebre de golpe. Era una mujer joven, extremadamente bella, a pesar de su rostro pálido y ojeroso. Era esbelta y llevaba el uniforme de camarera más elegante que había visto nunca. Iba toda vestida de negro, con una blusa blanca y una corbata fina, también negra y zapatos de tacón de aguja rojos. Sus labios eran carnosos, y estaban pintados con un rojo carmesí tan intenso como la sangre. En cuanto a sus ojos, eran los ojos más hermosos y a la vez más extraños que había visto nunca, eran tan negros como su cabellera larga y lisa, negro azabache, tan negros que apenas podías distinguir sus pupilas. Cuando me miró, busqué su alma en ellos, sin embargo, sentí que entraba en un vacío hipnótico, como si cayera en un abismo interminable, envuelta en el más puro silencio. Con sus manos también blanquísimas, alargadas y de uñas rojas, encorvadas en las puntas, dejó los vasos de agua y los cafés sobre la mesa, junto con dos galletitas de la fortuna negras. Al colocarlas, me lanzó otra mirada tétrica, vacía, escalofriante y habló por primera vez al decir: —cortesía de la casa. Aquella era una voz de ultratumba, helada y extraña que no se parecía a ninguna voz que hubiese oído nunca antes. Dicho esto, se dio la vuelta, alejándose de nosotras rápidamente, con un paso sobrenatural, pues cuando giré la cabeza, ya se encontraba al final de la barra. En ese instante, Charo me agarró por el brazo, entusiasmada con las galletitas, animándome a que me comiera la mía, a ver si se me quitaba esa cara de enferma. Cuando la abrí por la mitad y leí mi mensaje de la fortuna, se me quitó el hambre de golpe, pues en el papelito se leía: —Nadie se ríe de la muerte... Nada más leer esto, me levanté espantada, deseando irme ya de aquel lugar, pero Charo me detuvo.

—¡Espera! ¿A dónde vas? Yo aún no he leído la mía... Cuando fue a coger su galletita, me preguntó por lo que ponía en la mía, cuando se lo dije, soltó su galletita negra sobre la bandejita plateada diciendo: —¡A decir verdad! ¡Tengo que controlarme con el azúcar! Y levantó una tarjeta lila que vino con las galletas.

—¡Mira Fefa! ¡La Pitonisa Lola! ¡No sabía que las pitonisas tuvieran tarjetas! ¡¡jajajajajajajaja!

Así empezamos de nuevo a bromear y a reírnos como hacemos siempre y de nuevo logré calmarme un poco, como volviendo a la normalidad.

—¿Sabes qué, Fefa? ¡Deberíamos ir a una consulta! Ver al difunto hoy, me ha hecho reflexionar sobre la muerte. ¿Acaso no sería interesante saber el día en que...?

—¿¡El día en que..., qué!?

—¡Pues en el que vamos a morir, tonta!

—¡Ay por dios, Charo! ¡Me pones los pelos de punta con tus ocurrencias!

—¡Anda ya! ¡Si es solo por diversión!, ¿acaso no te pica la curiosidad? ¿Cuántas veces no hemos ido a la tarotista? ¡Al final es todo mentira! ¡Tomémoslo como un entretenimiento!

—¡Venga va! Pero vámonos ya de aquí que el aire acondicionado está muy fuerte. ¿Tú no tienes frío?

—¡Sí! ¡Bastante!

Al salir, para nuestra sorpresa, estaba lloviendo y no teníamos paraguas. Charo se echó a reír, me cogió de la mano y nos echamos a correr. —¡Ven, sígueme!, ¡te voy a llevar a una tienda! Mientras corríamos bajo la lluvia, me llamó la atención que la calle estaba desierta, solo estábamos nosotras, ¿dónde estaba la gente? Charo, reía y reía, toda empapada y vestida de negro. Su maquillaje se había corrido y tenía un aspecto terrible, suponía que también yo. En ese momento, llegamos a una tienda de cosas esotéricas, era pequeña y oscura, apestaba a polvo y a cosas viejas. En la entrada, una vieja nos saludó con un gesto de cabeza, al girarme para volver a mirarla, me clavó sus ojos negros azabache, de pupilas imperceptibles como los de la camarera, realmente daban miedo. Mi amiga me llevó de la mano hacia el fondo de la tienda, a la sección de las máscaras y escogió dos máscaras negras con las que iríamos de incógnito a la consulta de la pitonisa Lola. Cuando fuimos a pagar, no había nadie en el mostrador.

—¿Dónde está la vieja? —pregunté.

—¿De qué vieja hablas, Fefa? Aquí siempre atiende una chica, ha debido salir un momento. ¡¿Sabes qué te digo!? ¡Hagamos un simpa!

Y cogiéndonos de nuevo de la mano, salimos corriendo y riendo de la tienda con nuestras máscaras negras. En ese momento, frené en seco, empezaba a sentirme mal de nuevo:

—¿¡Y ahora qué te pasa, Fefa!?

—Nada, solo pienso que deberíamos olvidar la visita a la pitonisa, ya he tenido suficiente muerte por hoy, creo que deberíamos dejarlo.

—¡Por favor! ¡Qué miedica eres! ¡Siempre te echas atrás! ¡Menuda aburrida! ¡Venga hazlo por mí, por un poco de diversión! ¡Yo me encargaré de todo! ¡Tú solo tendrás que acompañarme!

—¡Venga va!

En ese instante, Charo se puso la máscara negra bajo la lluvia, me pareció ver que se acoplaba a su rostro de una manera extraña, convirtiéndose en una careta que me sonreía de manera diabólica. Pero justo cuando me dio mi máscara para que la guardara, la visión cesó. Me despedí de mi amiga y me di la vuelta muy extrañada por aquel día sin duda siniestro, estaba absolutamente agotada y aturdida. Dos semanas más tarde, recibí un WhatsApp de Charo, con el día y la hora de la consulta con la pitonisa.

Y allí me presenté puntual como un reloj. Una parte de mí no quería ir, pero la insistencia perspicaz de mi amiga parecía dotada de una fuerza sobrenatural. Así fue como finalmente nos encontramos ante una puerta estrecha, de hilos de plástico de colores. Charo tomó la iniciativa y entró la primera, yo la seguí dubitativa, luchando contra un sentimiento de resistencia, mientras bajaba por unas escaleras negras y oscuras hasta un sótano. Desembocamos en una pequeña habitación también negra, de iluminación precaria y amarilla, como la del tanatorio. Las paredes negras me mareaban y me impedían ver con claridad, casi me parecía verlas encogerse y estirarse a su antojo. La máscara tampoco era de gran ayuda, pues dificultaba bastante la visión. La pitonisa se encontraba sentada a la mesa, frente a una bola de cristal, invitándonos a sentarnos con ella, adelantando las manos. Así hicimos. Era increíble el silencio que reinaba allí dentro, aunque era más bien un silencio inquieto. La decoración era de los más espeluznante. De repente, empecé a escuchar unos murmullos extraños y le susurré a Charo si ella también los oía, me miró llevándose el dedo índice a la boca en señal de que me callara. Entonces la pitonisa se dirigió a nosotras.

—Sentaos, traéis preguntas. ¡Vamos no tengo todo el día!

La mesa redonda estaba cubierta con un mantel esotérico, lleno de calaveras. En el centro la gran bola de cristal. Charo rompió el hielo:

—Venimos a que nos reveles la fecha de nuestra muerte, —dijo mientras depositaba un billete de dos cientos euros sobre la mesa, los honorarios de la pitonisa.

La bruja empezó a mover las manos alrededor de la bola de cristal, recitando unos versos ininteligibles. Nosotras mirábamos expectantes a la bruja piruja, temiendo y, a la vez, deseando la respuesta. Nuestras mentes se habían vuelto tan oscuras como nuestras máscaras y sentí que había entrado en un mundo del que no sabía si podría salir. Entonces, la bruja abrió muchísimo sus ojos espantados ante lo que estaba viendo, mientras nosotras nos acercábamos a la bola tratando de ver también algo más allá de su cristal transparente. Justo en ese momento y de un movimiento brusco, la pitonisa se levantó. Su túnica negra empezó a ser sacudida como por un aire invisible, sus pies ya no rozaban el suelo, sus ojos se voltearon, volviéndose blancos de repente y moviendo sus manos de forma tenebrosa, dijo con una voz grave de ultratumba que ya no era la suya: —¡La muerte vendrá en tres meses a por una de vosotras! ¡Una de vosotras se ahogará en sus tinieblas para siempre! Dicho esto, cayó de nuevo sobre la silla, sin perder esa mirada vacía, como si aún siguiera imbuida en aquella especie de trance, pues continuaba diciendo cosas ininteligibles. Sus uñas rojas encorvadas en las puntas se aferraban a los laterales de la silla, con una rabia contenida.

Tras oír el oscuro presagio, Charo que se había vuelto como loca, agarró la bola de cristal y la reventó contra el suelo, gritando: —¡Cállate maldita bruja! Mientras yo, impulsada por la histeria, tiré del mantel, arrojando toda clase de objetos esotéricos y horteras al suelo, incluidos los dos cientos euros que pagaban aquella maldita sesión. Entonces, las calaveritas negras que colgaban del techo empezaron a moverse solas, parecían bailar. Las precarias luces de las velas que iluminaban la estancia no paraban de parpadear. Un murciélago negro salió de la nada atravesando la habitación, para luego desaparecer, volando escaleras arriba. La bruja que había entrado en cólera contra nosotras, soltaba conjuros mágicos, con alguna que otra frase clara: —¡Que la oscuridad os abrace y que los cuervos devoren vuestro corazón! ¡Yo os maldigo rubias enmascaradas! Charo intentó coger los dos cientos euros del suelo, pero la pitonisa los pisó con su tacón rojo de aguja. Sus pelos rizados y negros levitaban entorno a su cabeza como los tentáculos de un pulpo iracundo, soltando una risa tétrica y maléfica que terminó de asustarnos totalmente, así que salimos corriendo, gritando y levantando los brazos de aquella consulta terrorífica. Nada más pisar el exterior, Charo huyó despavorida, cegada por el terror, a pesar de que yo la llamaba gritando —¡Charo! ¡Charo! ¡Ven aquí! Al cruzar la calle, un camión a considerable velocidad se la llevó por delante. Los transeúntes empezaron a lanzar gritos de horror ante aquella escena desgraciada. Yo me estremecí al ver el cuerpo de mi amiga totalmente desfigurado y cubierto de sangre sobre la carretera. Aterrada por todo lo sucedido y aún protegida por el anonimato de mi máscara, salí corriendo en dirección contraria hasta desaparecer tras la esquina, muy consciente, tras el designio de la pitonisa, de lo que me pasaría en tres meses...

La cita

Con mano temblorosa, Sabrina guardó la mini pistola revólver en el bolso. Casi parecía un juguete, además de ser elegante y femenina con el cañón y el tambor metalizados, el armazón rosa y la empuñadura negra. Para más inri, apenas pesaba, Sabrina lo comprobó elevando ligeramente el bolso rosa chicle, perfectamente combinado con su manicura permanente, del tocador. Al levantar la mirada, un escalofrío la invadió de súbito, al encontrarse con una extraña en el espejo. Se miró fijamente a los ojos, perpleja ante el verde brillante y frío que irradiaban, enmarcados en su rostro blanco, adornado de pecas, en el que el colorete la favorecía, resaltando sus pómulos más de lo normal en contraste con sus labios finos. Una peluca corta pelirroja ocultaba su verdadera cabellera.

Aquella mujer caracterizada y desconocida se había apoderado de su cuerpo, robándole su aire primaveral, además de su inocencia. Aún así, le parecía sumamente hermosa. Aquel era, sin duda, un rostro angelical del que nadie sospecharía el acto que estaba apunto de cometer aquella noche. Durante unos segundos, la siguió admirando, como hipnotizada por su propia perplejidad, sin poder creerse que era ella; hasta que le dio un golpe de vista al reloj de la pared a través del espejo y su tic tac impertinente empezó a metérsele en la cabeza, aumentando su nerviosismo sobremanera. En breve, acudiría a la cita más horrible de toda su vida, y paradójicamente asistiría más guapa que nunca, embutida en un traje rosa muy sexy, con encajes negros en el escote y en la parte inferior pegada a los muslos, a modo de mini falda. En realidad, iba toda a juego con su "juguete".

Sabrina empezó a moverse nerviosamente por el apartamento que perdería, a menos que llevara a buen puerto aquel maldito encargo, que había aceptado por pura necesidad y desesperación. ¡Aquello era una auténtica locura! ¡No había matado ni a una mosca en su vida! ¡¿En qué estaba pensando?! Le resultaba increíble reflexionar en los giros repentinos del destino, hacía solo tres meses tenía su vida bajo control y todo iba a las mil maravillas. ¿¡Cómo era posible que su amiga Natacha la hubiera convencido para hacer algo así?! Realmente era una mujer fría, manipuladora y persuasiva, pues había sabido sacarle partido a su inesperada fatalidad. Además de esto, el odio que sentía por ese tal Mario, que simplemente la había descartado fríamente tras una cita, se le antojaba excesivo y despiadado, por no decir totalmente psicopático. Nunca antes había visto esta cara oculta de su amiga, incapaz de asumir una negativa, deseosa de que el tío lo pagara caro. —"¡Y tan caro!" —pensaba Sabrina, mientras seguía moviéndose por el apartamento como un animal enjaulado.

La hora de la cita se acercaba y todavía no había conseguido idear un plan B, una salida a aquella encrucijada en la que se encontraba. Por más que le daba mil vueltas, todo apuntaba a que tendría que hacerlo. En menos de tres meses, la habían despedido injustamente de su trabajo, tenía la cuenta en números rojos y ninguna oferta de empleo a la vista, ni nadie a quién acudir, salvo a "su gran amiga" Natacha; que le había ofrecido la atractiva suma de quinientos mil euros por el trabajo. ¡Tendría que hacerlo o toda su vida se desmoronaría! Así que una vez más, se detuvo ante el espejo y le dijo a su reflejo: —¡Adelante, Sabrina! ¡Tú puedes! ¡Un par de disparos y todo habrá acabado! —y, de este modo, se auto convenció, ya casi desasociada de aquella imagen de sí misma cada vez más lejana e irreal, mientras se ponía su mejor perfume y forzaba su cara más sensual, pues todavía tenía por delante la parte más dura y difícil, seducir a su presa...

Tan solo unas calles más abajo, se encontraba Mario, acicalándose frente al espejo. Esa noche estaba más feliz de lo normal y ni siquiera entendía por qué, ya que se disponía a acudir a su cita número 94, nada menos. Todas las anteriores habían resultado un auténtico fracaso. Obviamente, sentía que tenía la negra en el amor. Las mujeres que había conocido hasta ahora, por una razón o por otra, no parecían despertar una verdadera curiosidad o entusiasmo en su persona, pues todas le parecían como cortadas por la misma tijera, insulsas o aburridas, amargadas o resentidas, desesperadas o desencantadas; o tal vez fuera él el problema, el que las miraba con ojos muertos de ilusión, como si sintiera que ya lo conociera todo sobre la vida o como si ya nada pudiera sorprenderlo. Sin embargo, ahí estaba otra vez ese hormigueo en el estómago, un nerviosismo se apoderaba más y más de él. Encima, esta cita la había conseguido de la manera más extraña, a la chica no la conocía en absoluto. Al parecer, una antigua cita suya, una de las tantas fallidas, le había pasado su número a su mejor amiga, convencida de que él sería su hombre ideal. Por la foto de WhatsApp parecía mona, pero nunca es lo mismo en persona. Un detalle le había encantado y es que era pelirroja.

Imbuido en estos pensamientos, Mario miró su reloj, ¡ya era casi la hora!, así que más contento que nunca, con una ilusión que desconocía, corrió al encuentro de su cita. Algo le decía que aquella noche iba a ser muy diferente a las demás y que se lo iba a pasar de muerte. ¡Sí!, ¡por fin llegaría algo de emoción a su aburrida vida de funcionario! ¡Esta tendría que ser definitivamente su última cita!

A las nueve en punto, tanto Sabrina, como Mario, se encontraron a las puertas de un centro recreativo, habían quedado allí como punto de referencia para ir a cenar, pero Mario nada más verla se quedó estupefacto, realmente conmovido por su belleza. Sin saber bien por qué, se le quedó mirando a los ojos, incapaz de emitir ni media palabra. Sabrina, por su parte, se sintió ruborizada al parecerle realmente atractivo y empezar a entender que un hombre así, visiblemente intelectual y algo tímido, jamás podría enamorarse de una mujer como Natacha, tan echada para adelante y poco agraciada. Durante aquellos instantes, que se quedaron como detenidos, ambos se miraban y sonreían sin saber qué hacer o qué decir. Sabrina se sentía, de repente, como flotando, como suspendida en un momento mágico, totalmente inesperado.

—¿Te parece que echemos unas partidas a los bolos antes de cenar?   —propuso Mario en tono divertido. —La verdad, es que no sé jugar, —respondió Sabrina sonrojándose y balanceando su bolso rosa tímidamente.

—¡Vamos, yo te enseño!, ¡será divertido! —Y juntos traspasaron la puerta del salón recreativo, un umbral hacia un nuevo futuro que desconocían.

Sabrina no se había divertido nunca tanto en su vida, no paraba de reírse con las bromas y ocurrencias de Mario, así mismo pudo liberarse de los tacones, sintiéndose sumamente cómoda en aquellas zapatillas de *bowling*, blancas y negras. Aquel juego no se le daba nada bien, pero le resultaba inmensamente entretenido, sobre todo cuando Mario se acercaba por detrás para enseñarle a tirar. Aún así, ¡no daba una! Y a lo largo de la noche menos, porque empezaron a beber cervezas ¡una tras otra! Normalmente no le gustaba beber, pero aquella noche necesitaba desinhibirse, anestesiarse el cerebro para poder llevar a cabo, ya saben, ¡ejem, ejem! su famoso encargo del que se olvidaba una y otra vez, y del que se volvió a olvidar de repente, nada más ver venir a Mario armado con perritos calientes y papas locas.

Le parecía mentira lo que le estaba sucediendo, aquella noche ¡era perfecta! Después del banquete e innumerables partidas, era evidente que congeniaban a la perfección. ¿¡Sería posible que fuera a asesinar a su media naranja?! Cuando reflexionaba sobre esto y por los efectos del alcohol, todo le parecía mentira. Aquella noche era un sueño, todo se le antojaba sumamente irreal. Al cabo de un rato, cuando ya estaban demasiado piripis para apuntar, se sentaron en el banco junto a la pista. Sabrina miró por un momento seria a Mario, pero, en seguida, se explotó de risa, señalándole una mancha de tomate y mostaza que tenía en la comisura de los labios. Mario un poco picado, la desafió, —¡Venga!, ¿¡te parece gracioso, eh!? ¡Pues límpiamela tú, listilla! Sabrina aceptó el pequeño desafío y sin parar de reírse, cogió una servilleta y con cuidado le limpió la mancha, mientras embelesada se perdía en sus preciosos ojos pardos, acercándose cada vez más para verlos mejor. De este modo y como atraídos por un imán, empezaron a besarse apasionadamente, hasta el punto de convertirse en el centro de atención de la bolera. Fue entonces cuando Mario totalmente fogoso le propuso ir a su apartamento. Sabrina aceptó, aunque la cara le cambió de súbito, dibujando una mueca triste.

—¿Te pasa algo? —le preguntó Mario, —si no estás segura, no pasa nada..., te llevo encantado a tu casa...

—No, no, no, no es eso... —respondió Sabrina, mientras le cogía la mano y la balanceaba tiernamente. —¡Venga!, ¡vámonos ya!

Y así, en simpáticos zigzags, surcaban las calles de la mano, rumbo al apartamento de Mario que se encontraba por la zona. Entonces, tras un breve, pero cargado silencio, empezaron a cantar al unísono exactamente la misma canción, que tanto les había gustado en la bolera. Sabrina estaba perpleja, en aquel hombre se concentraban todos sus gustos, nunca había conocido a nadie que encajara tanto con ella. Balanceando con la otra mano el bolso, recordó lo que llevaba dentro y empezó de nuevo a entristecerse, cuando Mario, de improviso, la levantó por los aires, dándole un par de vueltas de carrusel para luego besarla tiernamente; al bajarla de nuevo, se miraron con complicidad y corrieron calle arriba, deseando llegar lo antes posible a casa de Mario.

Nada más pisar el apartamento, Mario abrió una botella de vino bien fresquita y sirvió dos copas; brindaron rápido y la invitó a que se pusiera cómoda, —¡siéntete como en casa! —le dijo antes de meterse en el baño. Sabrina sabía perfectamente lo implícito en aquella invitación, pero obviamente no podría ser. El alcohol le había subido sobremanera a la cabeza y todo le daba vueltas, así que se apoyó sobre una pequeña mesa que estaba frente a la cama para no perder el equilibrio, colocando en ella el bolso. Sobre la mesa había un gran espejo en el que se reflejaba la cama, así como la puerta del baño. El apartamento era pequeño, pero acogedor. Por su cabeza, pasaban un torbellino de pensamientos. Sabía que había llegado la hora de la verdad y que tenía que llevar a cabo el encargo, así que se consolaba diciéndose que solo sería un momento, algo rápido y luego se iría de allí para siempre. En ese instante, Mario salió todo contento del baño y se tiró de un salto en la cama, ataviado con unos slips de leopardo. Ella lo miraba de espaldas a través del espejo, incapaz de contener cierta sonrisa. Entonces, abrió lentamente la cremallera del bolso y metió la mano hasta el fondo, sacó su juguete y se giró rápidamente hacia Mario, apuntándole con el arma. La cara de él se contorsionó en una mueca de espanto que borró de súbito su sonrisa. A Sabrina le temblaba el pulso y no lograba apuntar bien…, pero al verlo intentar zafarse, le gritó:

—¡Ni se te ocurra moverte o disparo!

—¡¿Qué haces, Sabrina?! ¡¿Te has vuelto loca?!

Ella, sin mantener bien el equilibrio y tratando de luchar contra el alcohol para afinar la puntería, pegó dos tiros… ¡Bang! ¡Bang!

—¡Joder! ¡joder! ¡joder! —gritó Mario totalmente fuera de sí. Sabrina le había disparado a la almohada y al colchón muy cerca de su entrepierna…

Sabrina empezó a llorar, estaba fuera de sí. Primero bajó el arma, para luego subirla otra vez, luego se llevó las manos a la cabeza, hasta acabar sentándose en la moqueta, llorando desconsolada. Mario se acercó con cuidado y le quitó el arma de las manos, lanzándola debajo de la cama.

—¡Sabrina! ¿vas a explicarme lo que te pasa? ¿por qué has intentado matarme?, ¿no te ha gustado nuestra cita? Anda, mujer, ¡no llores! Dime, ¿es esto una especie de jueguito preliminar?

Sabrina lo miró empapada en lágrimas, con el maquillaje todo corrido y sin responder, se tiró sobre él, besándolo ardorosamente. La atracción que había entre ellos era brutal y no lograron quitarse las manos de encima. Como locos, se lanzaron sobre la cama. Mario que estaba a mil, la cogió del pelo, pero se quedó con la peluca pelirroja en la mano, descubriendo una melena castaña, larga y ondulada, en su lugar.   —¿Te llamas Sabrina?, ¿verdad?! —¡Sí! —le contestó ella, mientras lo besaba de arriba abajo, quitándole la peluca de la mano y lanzándola por los aires. Mario estaba alucinando, en su vida había conocido a una chica así, ni mucho menos había sentido una pasión como aquella.

A la mañana siguiente, se despertaron abrazados y con una resaca espantosa. Mario llevó agua y dos aspirinas a la cama. Aquella chica le maravillaba, tan pronto lo quería matar, como le hacía el amor como una gata salvaje. En ese momento, se la veía tranquila, así que decidió sacar el tema y preguntarle a qué había venido el jueguito de la pistola. Sabrina se sintió de nuevo culpable y entre lágrimas le contó toda la verdad sobre su situación económica, sobre Natacha y sobre el trabajito que le había encargado. Algo dentro de Mario sabía que por muy descabellado que pudiera parecer, Sabrina era el amor de su vida, así que, valiéndose de toda su perspicacia, pronto ideó un plan perfecto que los vengaría a ambos. Cuando se lo contó a Sabrina, ella lo miraba impresionada, ahora no le cabía ni la más mínima duda, ¡aquel era el hombre de sus sueños! Una vez todo aclarado, disfrutaron de un romántico y memorable fin de semana, en el que no se saciaban el uno del otro.

El lunes por la mañana, tenían trabajo que hacer. Mientras Mario se duchaba, Sabrina recuperó la pistola revolver de debajo de la cama y la metió de nuevo en su bolso rosa chicle, poniéndose el mismo traje y la peluca pelirroja. Luego, fue de la mano de Mario hasta la oficina de Natacha. Por supuesto, cuando la secretaría anunció a Sabrina, ella la esperaba sola, pero Mario se coló rápido detrás de ella, ante la boquiabierta secretaria, cerrando la puerta tras de sí.

—Sabrina... —balbuceó Natacha nerviosa, mientras esta se sentaba con total confianza sobre la mesa, poniéndole la pistola en la sien, haciendo bombas con su chicle rosa.

—¿Te sorprende verme, no Natacha? —la increpó Mario —¡Vaya! Siento que no te haya salido bien el plan, ¿qué giros da el destino, no te parece?

Natacha empezó a sudar, incapaz de responder. Entonces Sabrina, le dijo con voz firme:

—He venido a por mi cheque, pero que sea el doble. Dicho esto, bajó el martillo y presionó aún más fuerte la pistola contra su sien.

Natacha, con mano temblorosa, abrió el cajón derecho de su mesa y sacó el talonario, emitiendo un cheque por valor de un millón de euros. Las gotas de sudor caían sobre la mesa como a cámara lenta. Sabrina se lo metió en el escote sin separar el arma de la sien de Natacha y ¡puf! apretó el gatillo, riéndose. Un sonido seco asustó a Natacha que acababa de ver pasar su vida ante sus ojos. Entonces, Mario se apoyó en la mesa y mirándola a los ojos fijamente, le dijo —la próxima vez no correrás la misma suerte, Natacha, así que ni se te ocurra hacer ninguna tontería. Dicho esto, Sabrina guardó la pequeña arma en el bolso y salieron como si nada del despacho. Sabían perfectamente que Natacha no se atrevería a delatarlos, pues en el fondo era una cobarde. Aún así a Mario y a Sabrina poco les importaba, lo habían planeado todo al milímetro: tenían pasaportes nuevos, billetes de avión, desaparecerían sin dejar rastro y empezarían una nueva vida con otra identidad. Por supuesto, tenían pensado irse muy lejos de allí, lo que no puedo desvelarles dónde, *ya saben*, por si se lo chivan a Natacha o a la policía, no es bueno tentar la suerte. Pero lo que sí puedo decirles es que, en ese lugar, celebraron una boda sencilla y romántica en la playa, tuvieron hijos, vivieron felices, comieron perdices y todo ese rollo. ¡Ah! y, por supuesto, aquella pequeña pistola revólver rosa los acompañó a todos lados, como un preciado recuerdo del inicio de una gran historia de amor ¡Bang! ¡Bang!

Las hermanas

Lucinda subía, tambaleándose y aferrada a la barandilla deformada, aquellas escaleras de mármol en movimiento que casi se confundían con las paredes de un blanco inmaculado. La situación se complicó aún más cuando, de repente, hicieron aparición unas rayas negras vertiginosas, dibujándose sobre las escaleras que incrementaban considerablemente su sensación de mareo, haciéndole todavía más difícil el ascenso, ya desesperada por alcanzar la entrada de la casa también ambulante. Con cierta perseverancia y tras sentir que la puerta se había burlado de ella, esquivándola premeditadamente de derecha a izquierda para impedirle el acceso, consiguió agarrarse al marco y entrar casi a rastras. Tan pronto rebasó el umbral, fue gateando por el pasillo que parecía el de un barco hasta su habitación, el único lugar estático, tranquilo y luminoso. Sin embargo, nada más entrar, la cabeza de su hermana se encontraba hablando sin parar sobre la cómoda. Hablaba y hablaba con una voz de pito que casi le perforaba los oídos y le daba la sensación de que le iba a explotar la cabeza. Entonces, invadida por un impulso irremediable corrió hasta la cómoda, agarró la cabeza por el cabello y la lanzó por la ventana, observándola caer a un vacío sin fondo, desde aquella estancia elevada a la altura de un rascacielos, a la vez que, por fin, reinaba un profundo silencio. Y como siempre, justo en ese instante sereno, sonaba la alarma y la despertaba.

Todas las noches el mismo sueño, su único sueño, ya que no recordaba ningún otro. Con cierto peso en el alma, insuflado por su monótona existencia, se levantó y se puso el mismo traje de siempre. Al menos era de su color favorito, verde marino. Aunque, en realidad, no recordaba dónde lo había comprado, ni por qué solo tenía uno. Justo en ese momento, miró apesadumbrada el reloj para comprobar como, exactamente a las siete y cinco minutos, la voz de su hermana gritaría: —¡el desayuno! A ojos cerrados, ya que se sabía el camino de memoria, atravesó el pasillo, ahora quieto, hasta detenerse ante la puerta de la cocina. Al abrir los ojos, deseaba encontrarse un desayuno diferente, pero no fue así, era el mismo desayuno de siempre, un café oscuro y un croissant con mantequilla y mermelada. Hastiada pensó en decirle a su hermana: —Deberíamos pasarnos un tiempo a las tostadas para variar...

Sin embargo, una fuerza superior a ella, se lo impedía. En aquella casa, la rutina era la siguiente: su hermana hablaba sin interrupción y ella respondía con monosílabos. Momentos más tarde, tras engullir el croissant, intentó buscar un hueco entre palabras para verdaderamente comunicarse con su hermana, pero no encontró el silencio entre palabras, ni, en el fondo, las ganas. Sentía una migraña constante desde hacía un par de semanas y sus pensamientos empezaban a volverse oscuros hacia Cecilia, empezaba a imaginarse cosas de los más extrañas, como que le daba un sartenazo y la callaba del golpe o se veía amordazándola violentamente. ¡Aquello era horrible! ¡Se sentía un monstruo! Aquellos pensamientos no iban para nada con ella, pues por muy parlanchina que fuera su hermana, la amaba profundamente.

Agobiada por todo esto, se despidió de Cecilia para ir, como cada mañana al mercado. Mientras bajaba las escaleras, revisaba mentalmente todo lo que iba a sucederle. En el último tramo de escaleras, se encontraría con la señora Vicenza y su perrito salchicha tan simpático. Esta la saludaría amablemente y la invitaría a pasarse un día por su casa para tomar un café y charlar, algo que, extrañamente, jamás había sucedido, pues, en realidad, tenía la sensación de que tras la puerta de la casa de la señora Vicenza no había nada. A decir verdad, toda su vida le parecía el escenario de un teatro de cartón piedra. Acto seguido, se tropezaría en el escalón de la entrada principal y exactamente el mismo amable señor de todos los días la salvaría de una caída inminente. ¡¿Cómo era posible tropezarse cada día en el mismo sitio y en el mismo momento?! Ese día le estaba resultando sumamente extraño, estaba pensando de forma diferente, pues hasta ahora, nunca se había cuestionado, por qué vivía exactamente lo mismo día tras día.

De camino al mercado, deseaba con toda su alma que sucediera algo extraordinario, pero compró lo mismo de siempre, pagó exactamente el mismo precio, saludó y charló con las mismas personas, reproduciendo las mismas conversaciones de siempre. Cargada de fruta y verdura, Lucinda se dirigía, como de costumbre, a la panadería, la siguiente parada, antes de volver a casa. Sin embargo, se paró en seco en mitad de la calle en estado de shock, dejando caer las bolsas con la fruta y las hortalizas, que acabaron desparramadas por el suelo. Entonces, empezó a observar a la gente a su alrededor y vio como nadie se había inmutado, todos continuaban con sus actividades cotidianas, exactamente como cada día, así que llena de ira ante su invisibilidad gritó: ¡¿Es que nadie va a ayudarme?! ¡Por Dios! Pero ellos seguían ensimismados en su película. Lucinda se percató en ese momento de su insignificancia, nadie la oía, ni la veía. Cada vez más enfadada, se puso a gritar más fuerte, rozando la desesperación, ¡miradme, por favor!, ¡estoy aquí!, ¡soy Lucinda!, ¡transito cada mañana por esta calle, maldita sea! Entonces, en un intento desesperado de cambiar su suerte y de romper con su rutina diaria, intentó comprar un billete de lotería al chico del estanco, pero este la traspasaba con la mirada, hablando con el mismo señor de siempre, que compraba tabaco, exactamente a esa hora cuando ella regresaba del mercado. ¡Todo aquello era un espectáculo! Ya totalmente cabreada y fuera de sí, Lucinda comenzó a patear la fruta y la verdura en la calle, hasta cogió una zanahoria y se la tiró al barrendero en la cabeza, pero este ni se inmutó, por supuesto, y siguió limpiando la calle como si nada. Así que frustrada, se tiró en mitad de la calle, llorando desconsolada...

Algo más tarde, con los ojos hinchados de tanto llorar y sentada exactamente en el mismo lugar de aquella calle teatralizada, sintió una gran tristeza, así como el deseo profundo de desaparecer. ¿Qué hacía en aquella vida repetida y llena de soledad en la que solo podía interactuar con las mismas personas y decir las mismas cosas una y otra vez? Fue entonces, cuando, de repente, oyó su nombre pronunciado por una voz diferente que no había escuchado jamás: —¡Lucinda, levántate! ¡Vamos, dame la mano! ¡Demos un paseo! Ella levantó la miraba para descubrir a un hombre de unos sesenta y dos años, de pelo cano y grisáceo, con un pequeño y gracioso bigote también gris. Su sonrisa era cálida, sus ojos pequeños, analíticos e inteligentes. Amablemente, le tendió la mano ofreciéndole una chocolatina. Aquel suceso totalmente inusual, la conmovió, era la primera vez que hablaba con un desconocido. Rápido cogió la chocolatina, la desenvolvió y se la comió con ansia, resultaba genial poder variar su dieta de croissants. Secándose las lágrimas de la mejilla e impulsada por una gran curiosidad, se levantó del suelo para iniciar aquel paseo, sin duda, mágico. —¿Cómo te llamas? —preguntó Lucinda para romper el hielo. —mmmmm no tengo nombre, pero digamos que soy el mediador. —¿El mediador de quién?, —del escritor. —¿Del escritor?, ¿quién es, tu hermano? —preguntó Lucinda cada vez más extrañada... —No, jejé, —rio divertido el mediador y añadió, —es nuestro creador, está realmente preocupado por ti y mi cometido es responder a todas tus preguntas, velar por tu bienestar y transmitirte un mensaje. —¡¿Qué mensaje?! —preguntó Lucinda que se sentía cada vez más intrigada. —Pues este es el mensaje del escritor para ti: Lucinda, eres el personaje principal de mi primera novela, es muy normal que sientas tu vida repetitiva y monótona, pues nos encontramos aún en las primeras páginas, estamos en el primer día de tu vida en la historia y llevo meses sin poder avanzar, ya que me encuentro en un bloqueo creativo. Si tienes más dudas o preguntas, para eso he creado al mediador.

Tras oír esto, Lucinda se quedó un buen rato pensando, hasta que por fin habló: —Pues sí que tengo un par de preguntas... ¿A qué vienen esos pensamientos tan sórdidos respecto a mi hermana?, ¿y por qué solo tengo un vestido? Tras una pausa, el mediador respondió: —Eres la protagonista de esta novela negra, se supone que, por viejos rencores del pasado y su habla compulsiva, empiezas a generar una aversión psicótica hacia tu hermana y terminas matándola. El escritor aún no tiene bien estructurada la trama, por eso la historia está detenida. Y solo tienes un vestido, bueno, porque el escritor no pensó que te importara, según él, va a añadir todo un ropero lleno de ropa de última temporada en tu habitación y cada día podrás llevar un nuevo modelito. Lucinda reaccionó muy bien a lo de la ropa, pero con mucha vehemencia le dijo al mediador que le dijera al escritor que se sacara esa idea loca de la cabeza, que ella no iba a matar a su hermana, pues no era, en absoluto, esa clase de personaje. Ante tal respuesta, el mediador comenzó a reír y le preguntó: —¿Tiene usted algún otro deseo, señorita Lucinda? —Pues ahora que lo dice, sí, ¡deseo conocer la lluvia y vivir en un ático con muchas plantas, yo sola, sin mi hermana! ¡Dígale al escritor que, si va a convertirme en una asesina amargada, más bien puede borrarme de su estúpido libro!

El mediador asombrado ante tal respuesta se echó de nuevo a reír diciendo: ¡Menudo carácter! ¡Ay ay ay, Lucinda! ¡Nadie le discute al escritor! En respuesta, Lucinda se limitó a coger una manzana del suelo, la limpió bien con su traje y la mordió extasiada ante el espectáculo que aparecía ante ella. Una fuerte lluvia se inició de repente, produciendo un efecto hermoso, la tinta de la calle, de las casas y de los personajes, empezaba a difuminarse; ella misma goteaba colores y sus brazos empezaban a borrarse, así que corrió a cobijarse de la lluvia con el mediador, aquel hombre bondadoso y sabio que la maravillaba. —Bueno, es hora de marcharme, Lucinda. —¿Volveré a verte? —Tal vez —¿Puedo expresar un último deseo? —Claro, dime. —¡Estoy harta de soñar cada noche lo mismo! Mientras decía esto, el mediador había caminado hasta el confín de su mundo, era el límite en el que todo acababa y fue justo allí, donde se fue desdibujando hasta desaparecer.

Al día siguiente, Lucinda se despertó más feliz que nunca, había soñado con la lluvia y las hortalizas habían enraizado en mitad de la calle, volviéndose gigantes con tanta agua. Asimismo, nada más despertarse, había descubierto un vestido rojo precioso en su armario que le quedaba divino, pero ¡aaahhhhh! Pronto cayó en la cuenta de que había olvidado tratar el tema del desayuno... Nada, café y croissants otra vez. Aún así, de camino al mercado se sentía ilusionada, soñaba con volver a ver al mediador y vivir otro día diferente. Asimismo, le estaban surgiendo muchas ideas para el escritor. Tenía sueños, metas e ilusiones por realizar.

Ahora que todo cobraba sentido y que sabía que no era solo un simple personaje, sino la protagonista de aquel mundo, se sentía feliz e importante. Así que pensó que, ya que encontraba al chico del estanco muy interesante, no estaría mal tener una cita e ir a bailar. También estaba aquel ático al final de la calle que le encantaba y su hermana haría una excelente pareja con el panadero, el hombre más reservado y callado de aquel pequeño mundo de tinta. Por otro lado, tampoco sería mala idea que el escritor creara un parque para ir a correr o dar paseos románticos y por qué no, puestos a pedir para sacar a su nuevo perro, un chihuahua pequeñito, no pedía más.

De repente, estos pensamientos se vieron de nuevo interceptados por aquellas imágenes atroces hacia su hermana, que, poco a poco, incluso adquirían ciertos matices de odio que le resultaban insoportables. ¡Aquel maldito escritor seguía haciendo de las suyas, empeñado en convertirla en una villana asesina! ¡No, no, no, no, no! Lucinda empezó a revelarse de nuevo y a cambiar aquellos horribles pensamientos por otros de amor. Pronto se dio cuenta de que tendría que encontrar la manera de disuadir a aquel sórdido y empecinado escritor, dándole una idea mejor para su novela, la pregunta era cuál, ¿quién podría matar a quién? Aquella pregunta oscura la inquietaba, de repente, se preguntaba por qué precisamente había nacido en una novela negra y no en una biográfica o fantástica, ¡¿por qué?!

Sola ante tal pregunta, caminó hasta el confín y se sentó allí, justo en el límite, a pensar en el mediador y en qué bien le vendrían ahora sus consejos... Si al menos él se convirtiera también en un personaje de aquella novela, ella ya no estaría tan sola. Y, de este modo, se reveló una vez más contra el escritor, no siguiendo las tan aburridas pautas de la historia, sentada sin hacer nada, cambiando los tortuosos pensamientos de su escritor por los más hermosos que podía imaginar y así, sucedió de nuevo el milagro, pues pronto volvió a aparecerse ante ella, el mediador.

—Lucinda, ¿qué has estado haciendo? Debo decirte que tienes al escritor muy enfadado. Está muy decepcionado contigo, porque no le haces caso y así le resulta imposible escribir la novela. Quiere que entres en razón y que permitas que la historia siga su curso. ¡Acepta tu destino, Lucinda! No eres más que el personaje de una novela, podrías acabar destruida.

Lucinda se quedó en estado meditativo, mirando al mediador a los ojos. Yo no soy un simple personaje, soy la protagonista de esta historia y ¡bien prefiero desaparecer de estas páginas a traicionar mi naturaleza! Yo amo a mi hermana y jamás voy a matarla, así me cueste la desaparición inevitable. ¿Acaso tu escritor no sabe que muchas veces los personajes toman las riendas de las historias y deciden el curso de las mismas? Obviamente, se trata de un escritor novato, pero no importa, tengo una propuesta clara para él, transformar esta historia en una novela romántica. Él no tendrá que preocuparse por nada, solo tiene que permitirme el acceso a los otros personajes y dejarse llevar por mí, porque si de algo sé de sobra es del amor. Pero dime mediador, ¿por qué ese empeño del escritor en una novela negra?

—Pues verás, Lucinda, en el mundo real parece ser que eso es lo que vende, eso es lo que más demanda el público, la sangre, el dolor, la guerra, la violencia, parece ser y cito palabras textuales del escritor: "¡es lo que da morbo!".

—¡A mí no me interesa en absoluto el mundo real! Pero aún así opino que si ese mundo está tan perdido que eso es lo que busca, aprecia y demanda. ¡¿Acaso no debería el escritor influenciar positivamente su mundo?! Él que tiene la posibilidad de expresarse a través de sus historias, ¿no debería acaso insertar en esas mentes perdidas la idea del amor?, ¿no es acaso una historia de amor lo que más necesita ese mundo?, ¿cuántos finales felices no necesitarán esas pobres almas para contrarrestar tanto crimen y tanta negatividad?

—Pues, la verdad, no lo sé... —respondió dubitativo el mediador...

—¡Muchos! ¡La respuesta es muchos, innumerables e incontables finales felices e historias de amor! Ve y transmítele mi mensaje al escritor, esta es mi última oferta, si no que proceda a mi destrucción inmediata y que me destierre, no solo de esta, sino de cualquiera de sus historias presentes y futuras. —concluyó Lucinda orgullosa.

El mediador no salía de su asombro con semejante personaje, ¡qué carácter! Y con una sonrisa tierna se despidió de ella, desintegrándose lentamente tras el confín. Lucinda lo miraba desvanecerse con nostalgia, pues sabía en lo más profundo de su corazón que esta era la última vez que vería a su entrañable mediador y sin poder contener las lágrimas de sus ojos, permaneció un rato con la mirada perdida en el límite del confín, donde por el momento, acababa todo, preguntándose qué decidiría el escritor. A partir de ese día, dio cada paso con suma consciencia de que podría ser el último, de que en cualquier momento podría ser borrada de la historia. Sin embargo y para su sorpresa, no fue así, el escritor accedió a casi todos sus deseos, por lo menos, a los más importantes, dándole, además, rienda suelta para crear y transformando aquella novela en una hermosa y entrañable historia de amor en la que ella y su hermana tenían una gran relación y de la que ella continuó siendo la única protagonista, así como de los dos libros siguientes que conformaron la tan aclamada trilogía, pues en el mundo real fue y cito palabras textuales del escritor: ¡todo un éxito! Y qué más puedo decirles, que si sienten curiosidad por saber más, no más tendrán que leerla.

FIN

Acerca de la autora

Mar Orleans Natural de Las Palmas de Gran Canaria, es licenciada en Traducción e Interpretación y cuenta con un Máster en Enseñanza del Español como Lengua Extranjera. Su formación como correctora y redactora en ADOC, donde actualmente ejerce, ha despertado su curiosidad y la ha llevado a aventurarse en el mundo de la escritura.

Amante de la lectura desde la infancia, se ha sentido atraída por los clásicos de la literatura, disfrutando de esta pasión en varios idiomas, concretamente en inglés, francés, alemán, italiano y español. Aunque su amor por los libros ha sido constante, fue en mayo de 2023 cuando Mar decidió seguir el impulso insaciable de escribir. Así comenzó su proyecto de relatos cortos para adultos, junto a un libro de mini cuentos que aún está en proceso de creación.

Con su primer libro," Fugas de la Realidad, Mar desea compartir con los lectores fragmentos de su imaginación. Busca proporcionar puro entretenimiento mientras, de manera inconsciente, infiltra cierta perspectiva ante la vida en cada historia, revelando su esencia más profunda.